바보가
바보들에게

네 번째 이야기

김수환 추기경 잠언집

바보가
바보들에게
네 번째 이야기

김수환 추기경 잠언집

장혜민(알퐁소) 엮음

산호와진주

고맙습니다.

서로 사랑하세요.

— 김수환 추기경의 마지막 가르침

안다고 나대고⋯

대접받길 바라고⋯

내가 제일 바보같이 산 것 같아요⋯

— 김수환 추기경

'인간'을 사랑한 목자 김수환 추기경의
맑은 영혼을 담은 목소리

김수환 추기경은 '교회는 높은 담을 헐고 사회 속에 교회를 심어야 한다'며 가난하고 봉사하는 교회, 그리고 한국의 역사 현실에 동참하는 교회가 되겠다고 약속하였습니다. '사회 속에 교회'라는 말은 사회 속에서 피어나는 사랑을 의미합니다.

언제나 인간의 존엄성에 대한 신념을 바탕으로 한 '공동선'을 추구해야 한다는 것을 사회 교리로 삼아 교회 안팎의 젊은 지식인과 노동자들의 사랑을 받은 그는 말로만이 아닌 몸과 마음을 다해 실천하려고 노력했습니다.

　더욱 다양한 계층에서 소외된 이들에게 관심을 가지며 팍팍한 노동현실과 마주한 노동자들, 열악한 주거 환경 속에서 어렵사리 삶을 지탱하는 빈민들, 급격한 공업화와 함께 소외된 농민들, 한 때의 잘못으로 감옥에 간힌 재소자들, 굶주리는 북녘의 형제들과 탈북 주민들, 소외된 이주민들, 그리고 나아가 재난을 당한 아시아인에 이르기까지 모두가 그의 기도 목록에 포함되어 있었습니다. 두 손을 모으고 눈을 감은 채 그들을 위해 기도하는 그의 얼굴은 이 세상 누구보다 환하게 빛났습니다.

　'가장 보잘것없는 형제에게 해 준 것이 바로 나에게 해 준 것'이라던 예수님의 말씀에 따라 그는 헐벗은 사람들과 가장 가까운 친구가 되었으며 높은 직책에도 불구하고 가난한 이들의 눈물을 닦아 주어야 한다는 그의 소신에는 변함이 없었습니다.

항상 더 살기 좋은 세상을 꿈꾸던 그는 가난하다는 이유로, 힘이 없다는 이유로, 덜 배웠다는 이유로 차별 받지 않는 세상을 꿈꾸었습니다. 인간은 그 자체로 귀하고 존엄한 존재이며, 하느님의 보편적인 사랑을 믿었기에 그는 이 세상 모든 사람들은 소중하다고 말했습니다.

그의 죽음은 우리에게 많은 것을 남겨주었습니다.

그를 통해 우리는 새로운 희망을 봅니다.

각박해지는 세상 속에서도 그가 보여준 사랑과 나눔의 정신은 삶에서 물질이나 명예, 권력보다 더 중요한 가치가 있다는 것을 일깨워주었습니다.

그가 남긴 유언 "고맙습니다"는 지금 우리가 그에게 하고 싶은 말일 것입니다.

고맙습니다. 당신이 우리 마음에 남기고 간 그 사랑의 씨앗을 소중히 간직하겠습니다.

To my venerable brother cardinal Nicholas Cheong Jin-Suk archbishop of Seoul

Deeply saddened to learn of the death of cardinal Stephen Kim Sou-Hwan, I offer heartfelt condolences to you and to all the people of Korea. Recalling with gratitude cardinal Kim's long years of devoted service to the catholic community in Seoul and his many years of faithful assistance to the holy father as a member of the college of cardinals, I join you in praying that God our merciful father will grant him the reward of his labours and welcome his noble soul into the joy and peace of the heavenly Kingdom. To cardinal Kim's relatives and all assembled for the solemn mass of christian burial I cordially impart my apostolic blessing as a pledge of consolation and strength in the lord.

Benedictus PP. XVI

저의 존경하는 형제였던 서울 대교구장
정진석 니콜라오 추기경님께

　김수환 스테파노 추기경님의 선종 소식을 듣고 깊은 슬픔을 느끼며 추기경님과 모든 한국인에게 심심한 위로의 말씀을 드립니다. 오랫동안 서울의 가톨릭 공동체를 위하여 헌신하시고 추기경단의 일원으로서 여러 해 동안 교황에게 충심으로 협력하신 김수환 추기경님을 감사하는 마음으로 기억하며, 저는 여러분과 함께 자비로우신 하느님 아버지께서 그분의 노고에 보답해 주시고 그분의 고귀한 영혼을 하늘나라의 기쁨과 평화로 맞아들여 주시기를 기도합니다. 저는 장례 미사에 모인 김수환 추기경님의 친족과 모든 분에게 주님의 힘과 위로에 대한 보증으로서 진심으로 사도의 축복을 보내 드립니다.

교황 베네딕토 16세

· 차례 ·

하나, 삶의 가치

둘, 우리는 지금 어디 있는가?

셋, 우리에게 필요한 것

넷, 믿음의 의미

다섯, 사랑의 손길

하나

삶의 가치

참된 인간

예수님께서는 "나를 따르려는 사람은 누구든지 자기를 버리고 제 십자가를 지고 따라야 한다. 제 목숨을 살리려고 하는 사람은 잃을 것이며 나를 위하여 제 목숨을 잃는 사람은 얻을 것이다"(마태 16, 24-25)라고 하셨습니다. 여러분은 쉽게 이해하고 받아들일 수 있습니까?

여러분이 이상으로 생각하는 인물이 누구인지 모르겠지만 분명히 각자 나름대로 이상적인 미래의 자아상을 갖고 있을 것입니다. '나는 미래에 이러이러한 사람이 되고 싶다' 같은.

그런 사람이 되기 위해 여러분 스스로 무엇이 필요하다고 생각합니까? 아마도 대부분 비슷비슷할 것입니다. 일류 대학을 나오고, 돈과 권력을 잡을 수 있는 직장을 얻는 등등 이겠지요. 그러려면 절대로 자기를 버려서는 안 됩니다. 오히려 자기를 찾아야 합니다.

그런데 예수님께서는 "나를 따르려는 사람은 누구든지 자기를 버려야 한다. 제 십자가를 져야 한다"고 말씀하십니다. 즉 십자가에 못 박혀 죽어야만 한다는 뜻입니다. 인간의 성공을 돈과 권력에만 둔다면 이것은 알아들을 수 없는 일입니다.

그러나 어떤 사람이 참된 인간입니까? 무엇이 참인간이 되는 길입니까? 그리스도처럼 진리의 인간, 정의의 인간, 사랑의 인간이 되는 것입니다. 특히 남을 위하여, 모든 이를 위하여 자기 생명까지 바칠 수 있는 사랑의 사람이 되면 이것이야말로 참된 인간입니다. 그런 사람이 바로 세상을 밝히는 빛이요, 세상을 드높이고 구하는 사람, 그리스도를 닮은 참 인간입니다.

돈도 권력도 좋습니다. 그러나 만일 누가 그것은 있는데 참되지 못하고 정의롭지 못하다면, 더욱이 사랑이 없다면, 그것은 그 사람을 오히려 불행하게 만들 것입니다. 오늘날 우리 주변에는 너무나 그런 사람들이 많아서 우리 사회와 세계가 비인간화되고 불행해져 가고 있습니다.

따라서 우리는 무엇이든지 참된 것, 고상한 것, 옳은 것, 순결한 것, 사랑스러운 것, 영예로운 것 그리고 덕스럽고 칭찬할 만한 것들을 마음속에 품어야 합니다.(필립 4, 8) 그것은 곧 진리와 정의, 선함과 자비, 정직과 사랑, 용서와 화해의 길을 가는 것입니다.

사랑의 삶

세례자 요한은 당신에게 세례를 받으신 예수님을 가리켜서 "이 세상의 죄를 없애시는 하느님의 어린 양이 저기 오신다. 내가 전에 내 뒤에 오시는 분이 계신데 그분은 사실은 내가 태어나기 전부터 계셨기 때문에 나보다 앞서신 분이라고 말한 것은 바로 이분을 두고 한 말이었다. 나도 이분이 누구신지 몰랐다. 그러나 내가 와서 물로 세례를 베푼 것은 이분을 이스라엘에 알리려는 것이었다"(요한 1, 29-30) 하셨습니다. 또한 "나는 성령이 하늘에서 비둘기 모양으로 내려와 이분 위에 머무르는 것을 보았다. 나는 이분이 누구신지 몰랐다. 그러나 물로 세례를 베풀라고 나를 보내신 분이 '성령이 내려와서 어떤 사람 위에 머무르는 것을 보거든 그가 바로 성령으로 세례를 베푸실 분인 줄 알라'고 말씀해 주셨다. 과연 나는 성령을 보았다. 그래서 나는 이 분이 하느님의 아들이라고 말하는 것이다"(요한 1, 32-34)라고 증언하셨습니다.

요한의 이 말씀을 보면 요한에게 세례를 받으신 예수님은 실로 이스라엘 민족과 온 세상을 구원하러 오신 구세주 그리스도, 살아 계신 하느님의 아들로서 우리를 위해 사람이 되어 오신 분이십니다. 그런데 이 분이, 하느님의 아들이신 분이 세례를 받으셨습니다. 요한이 베푼 세례는 본시 죄 있는 사람들이 죄의 용서를 받기 위한 것입니다. 많은 사람들은 회개하라고 외치는 요한의 말씀을 듣고 뉘우치면서 요한에게로 나아갔습니다. 죄인들의 줄이 이어졌을 만큼 사람들이 많이 몰려들었습니다. 거기에는 살인강도도 있었을 것이고, 죄인도 있었고, 세리나 창녀들도 있었을 것입니다.

이들은 일반 사람들로부터 멸시를 받는 사람들이었습니다. 거기에 예수님도 죄인의 한 사람으로 서 계십니다. 사람들의 눈에는 그도 죄인 중의 한 사람으로밖에 보이지 않았습니다. 그러나 요한은 이분을 알아보았습니다. "제가 선생님한테 세례를 받아야 하는데 선생님께서 어찌 저에게 오십니까?"하였습니다. 예수님은 "지금은 내가 하자는 대로 하여라. 우리가 이렇게 해야 하느님께서 원하시는 모든 일이 이루어진다"(마태 3, 14-15)고 하셨습니다.

예수님은 이렇게 아무 죄 없으시면서 죄인으로 당신을 낮추셨습니다. 그분이 그 세례를 받으신 것은 당신이 지고 있는 우리 모두의 죄를 사하기 위해서였습니다. 그만큼 예수님은 우리를, 나를 당신 자신처럼 사랑하십니다. 이사야 서에 의하면 그분은 우리의 병을 대신 앓으시고 당신 상처로 우리의 상처를 낫게 하시는 분이십니다. "갈대가 부러졌다하여 꺾지 않고, 심지가 깜박거린다하여 꺼버리지 않으시는 분" (이사 42, 31), 그만큼 약한 자, 죽어 가는 자, 희망이 없어 보이는 자, 절망에 빠진 자까지도 껴안으시는 분입니다.

우리나라에는 오늘날 정치, 경제, 사회 모든 면에 문제가 많습니다. 그런 문제 중에서 가장 심각한 것은 우리 사이의 분열과 분단입니다. 지역 간, 계층 간, 이웃 간 그리고 세대 간에 모두가 갈라져 있습니다. 남을 생각지 않고 나만 생각하는 이기심입니다. 거기다 남북 분단의 비극이 있습니다. 이 모든 분단과 분열을 어떻게 극복해야 모두가 참으로 같은 민족과 동료로 하나 될 수 있습니까? 우리는 남북정상회담과 같은 무슨 정치적으로 큰일을 생각할지 모르겠습니다만 그러나 참된 길은 그것이 아닙니다. 우리 모두

조금이라도 나보다 남을 더 생각할 때입니다. 예수님처럼 남의 탓도 질 줄 알 때입니다. 우리가 이런 이웃 사랑을 살면 우리 가정이 평안하고 사회가 안정되고 지역감정, 빈부 격차 등 모든 벽이 무너질 것입니다. 드디어는 남북 분단의 벽도 무너질 것입니다. 이렇게 사랑의 삶을 살고 하나씩 하나씩 벽을 허물듯이 이웃과의 관계를 개선하는 것만이 살길이요, 또 이것만이 참 통일의 길입니다.

진정한 행복

오늘의 세상, 모든 것이 물질 위주로 흐르는 세상에서는, 그리스도의 설 자리가 어디인지 의문스럽기도 합니다. 오늘날은 물질이 제일입니다. 가난한 이들에게는 의식주 해결이 큰 문제이고, 전체적으로 돈, 권력, 이런 것이 제일입니다. 한마디로 부귀영화를 바랍니다. 그래서 너도 나도 이것을 얻기 위해 치열한 경쟁을 벌이고 있습니다. 개인도 그렇고, 나라와 나라 사이도 그렇습니다. 그런데 돈과 권력은 과연 인간을 행복하게 합니까? 인간은 정말 이런 것만 있으면 족합니까?

모든 인간은 행복을 추구하고 있습니다. 하지만 이 행복은 어디에서 옵니까? 돈도 좋고, 권력도 좋지만 이런 것이 인간의 행복의 전부라고는 아무도 말할 수 없습니다. 오히려 반대로 현대는 너무나 물질 위주로 흘러간 나머지, 물질적 가치가 인간을 행복하게 만들기보다는 불행하게 만드는 경우를 더 많이 봅니다. 그렇다고 의식주 문제가 중요하지 않다는 것은 아닙니다. 아주 중요합니다. 그러나 참된 행복은 마음의 평화입니다. 그리고 이것은 인간이 참되게 살 때, 사랑을 주고받으며 살 때입니다. 바로 인간이 진리의 인간, 정의의 인간, 사랑의 인간이 될 때에 우리는 진실된 행복과 평화를 누릴 수 있습니다.

진리, 정의, 사랑 더 나아가 자유에 대한 인간의 갈망은 오늘날 그 어느 때보다도 큽니다. 이런 것이 있을 때에, 물질적 가치도 인간에게 보탬이 되는 소중한 것이 될 수 있습니다. 그런데 왜 인간은 진리, 정의, 사랑, 그리고 자유를 필요로 합니까? 이것이 없으면 인간은 인간답지 못하기 때문입니다. 왜 그렇습니까? 사람은 무엇입니까? 또 진리, 정의, 사랑 그리고 자유는 무엇이기에 인간은 이것들을 필요로 합니까?

우선 진리를 한 예로 들어 봅시다. 진리는 무엇입니까? 추상적인 것, 존재하지 않는 것입니까? 그렇다면 인간은 이것을 반드시 필요로 하지 않아도 됩니다. 아니면 진리는 수학적, 물리 화학적 원리 같은 것입니까? 우리가 찾는 진리는 그런 것이 아닙니다. 우리가 찾는 진리는 인간의 지성과 마음을 밝혀 주는 빛이요, 인간을 다시 살리는 생명이요, 인생을 올바르게 인도해 주는 길입니다. 그렇다면 이런 진리는 추상적인 것일 수는 없고, 수학적, 물리 화학적 원리에 불과할 수도 없습니다.

진리란 존재하는 것, 인간이 존재하는 이상으로 존재하고, 인간이 살고 있는 이상으로 살아있는 것, 생명 자체인 어떤 분이십니다. 바로 진리 자체이신 하느님이십니다.

사람이 이 진리를 필요로 하는 것은, 사람이 진리 자체이신 하느님의 모습에 따라서 만들어졌기 때문입니다. 하느님이 사람에게 음식을 배부르게 먹어야 사는 육신만이 아니라, 진리를 먹고 살아야 참되게 사는 마음을 주셨기 때문입니다. 바로 당신으로 살아야 되도록 만드셨기 때문입니다. 그래서 인간은 이 진리 자체이신 하느님을 얻기까지 평안치 못하고, 이 진리를 얻음으로써 비로소 인간다워질 수 있습니다.

그런데 그리스도는 누구십니까? 그리스도는 하느님의 말씀이요, 하느님과 같은 분이시며, 만물은 이 말씀에 의해 만들어졌고, 생겨난 모든 것은 이 말씀으로부터 생명을 얻습니다. 그리고 이 말씀이 사람이 되어 오셨는데 이분이 바로 그리스도이십니다. 이렇게 보면 우리는 모두 그리스도 안에 창조되었고, 생활하고, 움직이고, 존재하고 있습니다.

요한복음의 말씀대로 '하느님의 말씀은 곧 진리입니다.' 그러기에 하느님의 말씀인 그리스도는 곧 그 진리입니다. 우리가 찾고 있고, 우리가 필요로 하고, 그것이 없으면 인간이 인간다워질 수 없는 그 진리이고, 그것을 얻음으로써 인간은 참되이 살고, 완성될 수 있는 그 진리입니다. 그렇습니다. 그리스도는 바로 인간이 찾는 진리, 인간이 목말라하고 배고파하며 인간을 다시 살리는 그 진리입니다. 그러기에 그리스도 자신도 '나는 길이요, 진리요, 생명이다'라고 말씀하셨습니다.

우리가 그리스도를 모든 이에게 전해야 하는 이유는 여기에 있습니다. 이분이 모든 인간의 길이요, 모든 인간을 자유롭게 하는 진리요, 모든 인간을 참으로 살리는 생명이기 때문입니다. 그리고 이 그리스도는 동시에 우리가 찾는 정의요, 사랑입니다.

그런데 이 그리스도를 우리는 어떻게 전할 수 있습니까?

　우리는 그리스도를 참으로 살아야 합니다. 우리 자신부터 그분의 길을 가고, 그분의 진리를 따르고, 그분의 정의와 사랑을, 그분의 생명을 살아야 합니다. 그때에 우리는 그리스도를 남에게 진정으로 전할 수 있습니다. 그리스도는 우리에게 당신 자신을 내어 주십니다. 그분은 사랑 자체이신 하느님의 화신입니다. 사랑이신 하느님이 우리를 죄와 죽음에서 구하기 위해 사람의 모습으로 우리에게 보내신 분, 그분이 그리스도입니다.

　하느님과 그리스도는 이렇게까지 절대적으로 우리를 사랑하십니다. 우리의 죄, 잘못, 불완전, 나약함 등이 모든 것에도 불구하고 우리를 끊임없이 사랑하시고, 용서하시고, 받아주시고, 또한 당신 자신을 남김없이 주십니다. 우리는 우리를 위하여 목숨까지 바친 십자가상의 그리스도안에서 이같이 당신을 주시고, 우리를 사랑하시는 그리스도를 볼 수 있습니다. 우리에게 필요한 것은 이 같은 하느님의 사랑, 그리스도의 사랑을 믿는 것입니다.

크리스천 생활이란 우리가 스스로 사는 것이 아니라, 그리스도께서 우리 안에 사시는 것입니다. 그리스도의 힘으로, 그분의 생명으로 살 때 우리는 진실한 크리스천입니다. 우리가 이렇게 그리스도 안에 살 때, 다른 이들에게 그리스도를 참으로 줄 수 있습니다. 그리스도를 산다는 것은 무엇보다도 그분의 사랑으로 사는 것입니다. 그분처럼 우리 이웃을 사랑하고, 그분처럼 가난하고 약한 이, 억눌린 이들과 소외된 이들을, 병자와 나그네를, 가장 보잘것없는 사람들을 내 몸 같이 사랑함으로써, 우리는 진정 그리스도로 사는 사람이 될 수 있습니다.

우리는 이 시대 진리의 주인이 됩시다. 정의의 구

현자가 됩시다. 그리고 만사에 있어서 모든 이에게 사랑을 주는 사람이 됩시다.

이것이 바로 우리가 그리스도를 모든 이에게 전하는 길입니다. 이 길은 쉽지 않습니다. 십자가의 길입니다. 그 길은 바로 우리를 참되이 살리고 이웃을, 우리 겨레를, 또한 온 세계를 살리는 길입니다. 왜냐하면 이것이 모든 것을 창조하고 살리는 사랑의 길이기 때문입니다.

삶의 가치

아무리 어려운 환경일지라도 그런 가운데 삶의 가치는 주어져 있습니다. 그 가치를 보다 값지게 하느냐 그렇지 않으냐 하는 것은 거의 전적으로 우리 자신에게 달려 있습니다. 어떠한 환경 속에서도 참되고 올바르게 사람답게 사는 데는 돈이라는 자본이 필요치 않습니다. 권력도 필요치 않습니다.

오히려 오늘의 퇴폐적인 정신 풍조 속에서 사람답게 참되고 올바르게 살려면 돈이라든가 권력 앞에 굴하지 않고, 또 그것을 가졌더라도 갖지 않은 자와 같이 겸손하고 청빈하며 그런 것을 초월할 수 있어야 합니다. 왜냐하면 그런 것들이 우리를 오늘날 철두철미하게 부패시키고 있기 때문입니다. 양심의 자유까지도 앗아 가고 있습니다.

현대인의 비인간화는 바로 그러한 물질주의와 배금사상에서 옵니다.

그리고 그것을 잡은 권력에서 옵니다. 금력과 권력 앞에 인간은 노예화되어 가고 있습니다. 그것은 모든 자유를 빼앗고 양심의 자유까지 박탈해 갑니다.

우리는 참으로 인간답기를 소망합니다. 우리 사회도, 겨레도, 세계도, 인간다운 사회, 인간다운 겨레와 세계가 되기를 희망합니다.

우리가 갈구하는 것은 숫자와 마술을 부리는 GNP의 증가가 아닙니다. 우리 자신의 참된 인간적인 모습입니다. 인정이요 사랑이며, 양심이고 진실입니다. 울 일이 있을 때 진정으로 함께 공감하며 함께 눈물을 흘릴 수 있는 마음들의 소통입니다. 불신 사회가 아닌 믿음의 사회, 사회 부정이니 부패니 하는 소리를 듣지 않아도 좋을 의로운 사회, 암담하지 않은 밝은 사회, 참됨과 올바름과 빛으로 가득 찬 희망찬 사회입니다. 아무도 소외되지 않는 인정과 정의에 넘치는 따뜻한 세상입니다.

그러기 위해서 우리는 우리의 잃어가는 인간성을 다시 찾아야 합니다. 이를 위해 우리는 어떻게 해야 합니까?

첫째로, 어떤 유혹이나 어떤 위협이 있어도 양심의 자유를 잃지 말아합니다. 그러기 위해서는 하느님과 사람 앞에 떳떳할 수 있도록 진실해야 합니다. 계속 진실을 추구해야 합니다. 양심에 따라 사는 사람은 하느님과 함께 삽니다.

둘째로, 그럼에도 약한 인성으로 말미암아 진실에서 멀어졌을 때는 솔직히 그것을 시인하고 뉘우치며 자신의 약함을 그대로 받아들일 줄 아는 겸허한 마음을 지녀야 합니다. 그것이 참된 용기입니다.

셋째로, 진정한 이웃인 인간을 사랑해야 합니다. 우리를 지금 인간으로 구원하고 영원히 살게 해 주는 것은 사랑입니다. 돈도 권력도, 지식이나 명예나 지위도 영원하지는 않습니다. 영원히 남는 것은 사랑입니다. 하느님에 대한 사랑, 이웃에 대한 사랑 안에 사는 인간입니다. 이렇게 살 때, 삶은 우리에게 값진 것이 됩니다.

겨자씨 한 알

　믿음은 무엇입니까? 우리에 대한 하느님의 사랑을 믿는 것입니다. 하느님이 계시고 그분은 사랑 자체이시며 우리를 지극히 사랑하시어 우리 모두를 죄와 죽음에서 구원해 주시고 영원히 살게 하신다는 것을 믿는 것입니다. 그리하여 사랑과 정의, 평화와 행복이 충만한 하느님의 나라가 임한다는 것을 믿는 것입니다. 우리를 위하여 사람이 되어 오시고 십자가에 죽으시고 부활하신 그리스도 안에서 이 같은 하느님의 사랑을 볼 수 있습니다. 이렇게 하느님은 우리를 반드시 구원하시고 영생에 살게 할 것입니다.

인간은 누구나 의식 · 무의식 중에 이런 아름다운 미래를 꿈꾸고 있습니다. 그러나 현실 세계를 볼 때에 이런 것은 허황된 꿈이라고 느낄 때가 많습니다. 현실 사회의 부정과 불의, 인생의 부조리, 언제나 가진 자, 힘센 자가 이기고 가난한 자, 약한 자는 희생당하는 것처럼 인생은 시련과 고통으로 가득 차 있는 것 같습니다. 이런 상황 속에서 정의가 꽃피고, 사랑이 강물처럼 넘쳐흐르며, 평화가 다스리는 아름다운 세상이 반드시 이루어짐을 믿는 것은 부질없이 보일 수 있습니다. 특히 우리 각자도 이유 없이 불행한 일을 당하고 고통을 겪을 때에는 하느님은 과연 계시는가 하고 의심할 수도 있습니다.

그런데 그럼에도 불구하고 하느님은 계시며 그분은 우리가 눈으로 보고 체험할 수는 없으나 우리 안에 우리와 함께 사시며 우리를 당신이 뜻하시는 영생으로 이끌어 가시고 또한 우리 안에 사랑과 정의의 나라를 이룩해 가십니다. 우리를 위하여 본디 하느님이신데 사람이 되어 오시고 십자가에 죽으시고 부활하신 예수님을 보면 우리에 대한 하느님의 사랑은 무한히 크고 반드시 우리를 영생으로, 사랑과 정의의 나라로 이끌어 가실 것입니다.

세상이 불의, 부정, 부조리로 가득하고 인생은 결국 죽음으로 끝나고, 정의의 하느님, 사랑의 하느님은 계시지 않는다고 결론을 내리면 거기에는 아무런 희망이 없습니다. 우리가 불의와 부정의 범람에도 불구하고 양심을 따라 선하게 살 이유도 없습니다. 산다는 것 자체가 무의미하고 미친 짓입니다. 때문에 사랑의 하느님, 정의의 하느님은 계셔야 하고, 비록 눈에 보이지 않아도 하느님 나라는 있어야 합니다. 이것을 믿는 것이 믿음입니다.

예수님은 "하느님 나라는 겨자씨에 비길 수 있다. 겨자씨는 모든 씨앗 중에서 가장 작은 것이지만 싹이

트고 자라면 어느 푸성귀보다도 커져서 공중의 새들이 그 가지에 깃들일 만큼 큰 나무가 된다."(마태 13, 31-32)라고 말씀하셨습니다.

겨자씨는 아주 작은 것입니다. 거의 눈에 띄지 않을 만큼 미소한 것입니다. 그러나 그 안에 생명력이 있고 그것은 시련과 악조건에도 불구하고 큰 나무로 자라납니다. 겨자씨만이 아니고 볍씨나 꽃씨도 같습니다. 요즘 들에는 벼가 심어져 있습니다. 거기에는 가을에 추수할 쌀은 보이지 않습니다. 그러나 우리는 그 벼에서 쌀알이 주렁주렁 달릴 것을 의심치 않습니다.

이같이 하늘나라도 시작될 때에는 그렇게 미소하고 보이지 않으나 반드시 크게 자란다는 것을 주님은 말씀하십니다. 겨자씨는 우리 마음속에 뿌려지는 하느님의 말씀입니다. 그 말씀이 어떻게 자라는지는 눈에 보이지 않습니다. 그러나 우리가 하느님 말씀을 듣고 정성껏 간직하고 살면 그 말씀은 내 안에 깊이 뿌리박고 자랄 것입니다. 이것이 믿음의 삶입니다. 사도 바오로가 "우리는 보이는 것으로 살지 않고 믿음으로 살아갑니다"라고 말한 것은 바로 이런 뜻입니다.

남을 위한 나의 것

예수님께서 하늘나라를 비유로 말씀하시면서, 어떤 주인이 종들에게 달란트를 각각 다르게 주고, 돌아와서 그 달란트를 잘 써서 이익을 남겼는지 아닌지를 셈하는 것과 같다고 하셨습니다.

우리도 각각 하느님으로부터 무언가 능력을 받았습니다. 어떤 사람은 머리가 좋고, 어떤 사람은 손재주가 좋고, 어떤 사람은 말을 잘하고, 어떤 사람은 돈을 잘 벌고, 어떤 사람은 힘이 세고, 어떤 사람은 사회성이 있는 등 우리가 받은 능력도 다양합니다. 그런데 문제는 우리가 받은 능력을 어떻게 쓰느냐에 있습니다.

우리가 자기의 능력을 쓰는데, 자기 이익만을 위해 쓸 수도 있고, 자기만을 위하지 않고 남을 위해서, 이웃을 위해서, 혹은 공동체, 단체의 유익을 위해서 쓸 수도 있습니다. 혹은 어떤 사람은 받은 능력을 전혀 쓰지 않고 사장(死藏)해 둘 수도 있습니다.

여기서 가장 좋은 것은 다섯 달란트 또는 두 달란트를 받은 이가 이를 잘 써서 이익을 남겨 주인에게 바친 것처럼, 자신을 위해서만이 아니라 이웃과 공동체의 유익을 위해서 자신의 능력을 씀으로써 하느님의 뜻을 따르는 것입니다.

그러기 위해 가장 중요한 것은 마음입니다. 마음이 남을 위해 열려 있느냐, 남을 사랑할 줄 아느냐 하는 것입니다.

사도 바오로는 "성령께서 우리의 마음속에 하느님의 사랑을 부어주셨다"고 말하고 있습니다.

하느님은 참으로 우리를 지극히 사랑하십니다. 우리에 대한 하느님의 사랑에는 한이 없습니다. 우리는 이 믿음으로 깊이 살아야 하고 서로 사랑해야 합니다.

결혼의 의미

부부는 서로의 마음을 사랑하기로 약속한 사이입니다. "우리는 하느님께서 맺어 주신 부부로서 즐거울 때나, 괴로울 때나, 성할 때나, 병들었을 때나, 평생을 서로 사랑하며 신의를 지킬 것을 약속합니다"라는 말이 있습니다. 참으로 뜻깊고 아름다운 말입니다. 여러분은 혼인 후 그렇게 약속하신 대로 지금까지 사랑하여 오셨으리라 믿습니다. 그것이 참 아름다우나, 말대로 쉽지 않다는 것도 여러분은 스스로 체험했으리라 믿습니다.

어떻습니까? 남편 사랑, 아내 사랑이 쉬웠습니까?

결혼을 후회한 적은 없습니까? 혼자 사는 성직자, 수도자가 부러울 때도 있지 않았습니까? 사실 사랑한다는 것은 쉽지 않습니다.

저도 그렇습니다. 매일 사랑을 강론하면서 내가 누구를 참으로 사랑하는지는 의심스럽습니다. 더구나, 기쁠 때나, 괴로울 때나, 성할 때나, 병들었을 때나, 평생토록 부부이지만 한 사람이 또 다른 한 사람을 사랑한다는 것은 쉽지 않습니다.

신문에서 읽은 내용 중에 가정 법원에만 오랫동안 종사하신 어떤 분이 '결혼은 인내가 제일이다'라고 하신 말씀이 생각납니다. 우리는 사랑하지 않으면 불행해진다는 것을 잘 압니다. 만일 부부가 사랑하지 않으면 그것은 부부로서의 도리에 어긋나고, 서로가 서로를 가장 괴롭히는 것이며, 그것은 곧 누구보다도 나 자신을 불행하게 만드는 것임을 잘 압니다. 부부간에 사랑해야 한다는 것은 참으로 하늘에 있어서 거기서 가져와야 알 수 있는 것도 아니요, 바다 건너 저쪽에 있는 것도 아닙니다. 그것은 아주 가까운 곳, 우리 마음속에 새겨져 있는 것입니다.

우리 마음에서는 '나는 아내로서 남편을 사랑해야 한다', '나는 남편으로서 아내를 사랑해야 한다'고 말합니다. 또 사랑할 때, 우리 부부가, 우리 가정이 행복해진다는 것을 우리는 잘 압니다. 뿐더러 우리 인간은 누구나 다른 이에 대해서도 이 사랑을 실천해야 합니다. 사랑하지 않고서는 누구도 인간다운 인간이 될 수 없습니다. 더욱이 착한 사마리아 사람처럼 강도를 만나 도움을 필요하듯, 불행 중에 도움이 필요한 사람, 고통을 겪는 사람을 사랑해야 합니다. 그런 사람을 알면서 그냥 지나친다면 그것은 인간의 도리에 어긋나고 따라서 비인간적이며, 그런 사람은 아무리 성당에 열심히 다닌다고 해도 그리스도 신자라 말할 수 없습니다.

"그리스도 신자는 그리스도처럼, 남을 사랑하는 사람입니다. 특히 가난한 이, 약한 이, 병이나 고통 중에 있는 이, 소외된 이에게 특별한 관심과 동정심을 지니고 이를 실천하는 사람입니다."

서울 시내 여러 군데서 이른바 재개발 때문에 판자촌 철거가 진행되고 있습니다. 그런데 때로는 판잣집을 가진 사람들의 보상 액수의 문제도 있으나 세입자들에게는 아무런 대책이 없어서 문제입니다. 세입자들은 "우리도 국민이니 정부는 우리에게 어딘가 몸붙이고 살 수 있는 가능성을 마련해 주어야 하지 않는가?"라고 각계에 호소하고 있습니다. 그런데 반응은 없고, 힘으로 밀어붙입니다. 한 군데서는 이런 충돌로 말미암아 부상자도 나고, 심지어 젊은이 한 명은 희망 없는 삶, 더 살아 뭐하나 하며 목숨을 끊는 사태가 벌어졌습니다. 이런 일이 여러 곳에서 벌어지고 있으나, 신문에는 잘 나지 않습니다. 그런데 이런 사람들을 위해서 일하시던 한 외국인 신부님께서 그 부서진 집터에 들어가 함께 기거하고 함께 먹고 마시고, 그리고 밤에도 그들 틈에 끼어 지내셨습니다.

이 신부님은 예수님이 이곳에 오신다면 그렇게 하실 것이라 생각하셨을 것입니다. 예수님이시라면 결코 그런 불행하고 고통 받는 사람들이 있는데도 못 본체 지나치시지 않을 것이며 그런 사람들이 있는 줄 알면서도 그리스도의 몸인 교회가 큰 성당만 짓는다면, 그리고 신자들이 태평성대처럼 희희낙락한다면 과연 올바른 일인지 물으셨을 것입니다.

참 크리스천은 누구입니까?

여러분, 마더 데레사를 알지요? 바로 그런 분이십니다. 또 위에서 말한 그런 신부님입니다. 마더 데레사가 한국에 오셨을 때 '살아 있는 성녀'라고 했습니다. 이것을 보면 우리 모두도 본래 마음은 데레사 수녀님처럼 사랑을 실천하며 살고 싶은 마음이 있는 것입니다. 비록 그분하고 똑같이 수녀가 되고, 똑같이 빈민촌에 들어가고, 똑같이 쓰레기처럼 버림받은 사람들과 함께 살지 못한다 해도, 나름대로 나의 시간, 나의 힘, 나의 마음을 바쳐 가난한 이들을 돌보고 싶은 것입니다.

복음의 예수님을 보면 분명히 가난한 이를 지극히 사랑하셨습니다.

병든 이, 버림받은 이, 죄인을 사랑하셨습니다. 그리고 당신 스스로도 머리 둘 곳 없을 만큼 가난하였습니다. 따라서 우리는 가난을 통하지 않고서는 예수님께 갈 수 없습니다. 예수님과 같은 마음, 적어도 마음으로 가난해지지 않고서는 예수님을 닮을 수 없습니다.

부부 사이에도 고독할 때, 괴로울 때, 버림받은 것처럼 울고 싶을 때 사랑이 더 필요한 것입니다. 우리가 남을 사랑하려면 하느님의 우리에 대한 사랑, 나에 대한 사랑을 깨달아야 합니다.

부부 사랑, 그리스도처럼

몇 해 전의 보고서에 의하면, 서울에 있는 가정 법원을 통하여 합의 이혼으로 헤어지는 부부가 매일 30쌍이 된다고 합니다. 하루에 30쌍이면 1년에 1만 쌍이 넘습니다. 그 밖에 재판에 의해 헤어지는 경우도 많습니다. 또 우리 교회 법원에도 신자인데 부부간 불화가 극에 달하여 혼인 무효 소송을 제기하는 건수가 날로 늘어가고 있습니다.

여러분, 가장 좋은 것은 사랑이 아닙니까? 그리고 서로 가장 사랑할 수 있는 사이가, 또 사랑해야 하는 사이가 인간관계 중에서는 부부 관계 아닙니까? 그런데 어떻게 돼서 모든 인간관계의 근본이요 모든 인간의 사랑의 근원이 되는 부부 사이에서 이렇게 사랑에 금이 가고 있습니까? 저는 이것은 근본적으로 우리가 사랑이 무엇인지 이해하고 있지 못하기 때문이라고 생각합니다. 사랑은 결코 감정이나 느낌이 아닙니다. 사랑은 의지에 속하는 것입니다. '사랑은 결심이다'고 합니다. 그렇습니다. 사랑은 참으로 사랑하겠다는 결심에서 출발합니다. 부부가 본래 혼인 서약을 할 때, 즐거울 때나 괴로울 때나 성할 때나 병들 때나 평생토록 사랑하고 존경하고 신의를 지키겠다는 약속을 하는 것은 각자 자기 의사로 자유로운 선택 판단에 의해 결심함으로써 나온 결론입니다.

우리는 이것을 잊지 말아야 합니다. 유명한 신학자이자 독일 복음 교회 목사이며 나치에 저항하다 순교한 본 회퍼는 이 점에 대해 이렇게 말했습니다. "혼인에 있어 사랑이 서약을 지켜 주기보다는 혼인의 서

약이 혼인의 사랑을 지켜준다." 즉 부부는 사랑으로 결심했고 사랑하기로 약속했습니다. 그렇다면 그 약속을 지키는 것이 사랑입니다. 그것이 인간입니다. 어느 정도 사랑할 것인가? 즐거울 때나, 괴로울 때나, 성할 때나, 병들 때나, 영원토록 사랑한다고 약속했습니다. 이것은 전적이요 조건 없는 사랑입니다.

사도 바오로는 에페소서 5장에서 부부 관계를 그리스도와 교회 관계에 비교하여 말하면서 "남편들은 그리스도께서 교회를 사랑하여 몸을 바치신 것처럼 자기 아내를 사랑하십시오. 또 아내들은 교회가 그리스도께 순종하고 섬기듯 남편에게 순종하고 섬겨야 합니다"라고 말씀하셨습니다. 아내에게 남편에 대한 순종과 섬김을 요구하는 표현은 현대 여성에게는 귀에 거슬리는 것입니다. 그러나 사도 바오로가 말씀하신 취지는 남편이나 아내나 다 같이 우리를 위해 죽기까지 하신 그리스도의 사랑을 본받아 서로 사랑하고 서로 존경해야 한다는 것입니다. 이렇게 사랑을 위해서는 자기 자신을 비워야 합니다.

예수님은 "제가 무엇을 해야 영원한 생명을 얻겠습니까?"라고 물은 젊은이에게 모든 계명을 지켜야 한다고 말씀하신 후 "그 계약은 어릴 때부터 다 잘 지켜 왔습니다"라는 답을 청년으로부터 들으시고서, "너에게 한 가지 부족한 것이 있다. 가서 가진 것을 다 팔아 가난한 사람들에게 나누어 주어라. 그러면 하늘에서 보화를 얻게 될 것이다. 그러니 내가 시키는 대로 하고 나서 나를 따라오너라"고 하셨습니다.

이 말씀은 너무 지나친 요구같이 들리고 모든 사람들이 따를 수 없는 것으로 느껴지기도 합니다. 그러나 우리는 누구나 그리스도를 위해서 모든 것을 떠나야 합니다. 부부 관계도 같습니다. 사도 바오로의 에페소서 비유에 보면 남편에게 그리스도는 전적으로 본받아야 할 분이고, 그것은 곧 아내를 사랑하는 것입니다. 아내에게 그리스도는 남편입니다. 그렇다면 남편은 아내 사랑을 위해 자신을 전적으로 비워야 하지 않겠습니까? 부부 사랑은 이같이 그리스도처럼 사랑하는 것이요, 그리스도를 따르는 것입니다. 부부를 위해 그리스도는 성체 성사 안에만 현존하지 않고 남편 안에 현존하시고 아내 안에 현존하십니다. 서로가 상대 보기를 그리스도 보듯이 해야 합니다.

주님이 나를 사랑하듯이

혼인 성사 때, 신랑신부는 다음과 같은 말로 서로에게 서약합니다.

"나 아무개는 당신을 나의 아내, 또는 남편으로 받아들여 즐거울 때나 괴로울 때나 성할 때나 병들 때나 일생 당신을 사랑하고 존경하며 신의를 지키기를 약속합니다."

깊이 생각하면, 참으로 뜻 깊고 아름다운 말씀입니다. 그러나 이것은 어디까지나 이상이요, 현실은 다릅니다. 이 말씀대로 변함없는 사랑을 어떤 처지에서도 지켜 나가는 것이 과연 가능한가 하는 생각이 들

수 있습니다. 사람이 한평생을 살다 보면 산전수전 다 겪어야 하고, 아무리 금실이 좋은 부부 사이에서도 의견 차이, 성격 차이도 있을 수 있으며 매일의 삶이 고달픈 데서 오는 피로감 또는 권태감 등 여러 가지가 있을 수 있는데 그런 어려움을 다 이겨내고 한결같은 사랑으로 아내를 사랑하고 남편을 사랑할 수 있는가 하는 생각이 듭니다.

한 인간이 한 인간을, 부부 사이라 할지라도, 변함없는 사랑으로 사랑한다는 것은 참으로 힘들고 거의 불가능해 보이기까지 합니다.

특히 오늘날 세속주의 물결과 무엇이 옳고 그른지 판단하는 기준도 애매모호할만큼 가치관이 흔들리고, 거기다가 'free sex' 즉 성(性)윤리의 문란에서 오는 유혹이 큰 시대에 특히 그러합니다. 그러나 그렇다고 기분 따라 살아도 좋다, 미울 때는 싸워도 좋고, 바람을 피워도 좋고, 맞지 않으면 헤어져도 좋다고

할 수는 없는 일입니다.

오늘날 많은 사람들이 결국 서약한 대로 사랑하지 못하고 쉽게 헤어져서 이혼율이 늘어나고 있습니다. 그러나 이것은 결코 부부 사이 문제 해결의 길도 아니고, 본인들의 행복을 포함해서 가정의 평화를 유지하는 길이 아닙니다.

비록 서약에 따라 불변의 사랑을 하는 것이 힘들고, 인간적으로는 불가능해 보이기까지 하더라도, 우리는 이 길을 꾸준히 기도하면서 인내 속에 나아가야 합니다. 어떤 좋은 일, 선, 덕, 어려움, 고통 없이는 되지 않습니다. 이처럼 어떤 인생길에도 십자가는 있습니다. 시련과 고통이 없는 인생은 없습니다. 또 하느님은 당신이 사랑하시는 사람일수록 반드시 매를 드신다고 성경은 말합니다. 시련을 통하여 그를 더욱 튼튼하게 만들기 위해서입니다. 하느님은 그 때문에 당신의 외아들을 고통 속에 죽도록 버려두셨습니다.

예수님이 십자가상에서 "나의 하느님, 나의 하느님, 왜 나를 버리시나이까?"라고 절규할 만큼 말할 수 없이 깊은 고독과 고통 속에 하느님은 그 외아들을 버려두셨습니다. 그것은 결코 사랑이 없어서가 아니고 오히려 사랑하시기 때문에 그를 가장 높이 올리기 위해서였고, 또 그로써 모든 인간을 죽음에서 구하기 위해서였습니다.

사실 십자가의 길이란 우리 주님이 우리를 사랑하신 나머지, 우리를 구원하기 위해 결국은 목숨까지 바치신 그 길입니다. 주님은 이처럼 우리를 죽을 때까지 사랑하셨습니다.

참으로 주님은 왜 우리를 이처럼 사랑하시는 것입니까? 우리가 잘나서 입니까? 물론 아닙니다. 주님은 우리의 못남, 우리의 죄, 우리의 나약함 등 모든 것을 아십니다. 우리는 사실 너무나 자주 주님의 뜻을 거스르고, 주님을 배반하였습니다. 그럼에도 주님은 우리를, 우리의 모든 부족을, 죄까지를 다 아시면서도 끝까지 사랑하십니다.

우리가 서로 사랑하기 힘들 때 우리는 우리에 대한 주님의 사랑, 곧 나에 대한 그리스도의 사랑이 얼마나 큰지를, 얼마나 자비가 지극한지를 깊이 묵상하고 깨달아야 합니다. 주님께 있어서 가장 큰 관심사는 '나'입니다. 주님이 가장 사랑하는 존재 역시 '나'입니다. 부부 관계에서도 이렇게 해야 합니다. 남편의 가장 큰 관심사가 아내이고, 남편이 가장 사랑하는 존재가 아내여야 합니다. 물론 아내에게 있어서도 마찬가지여야 합니다.

부부 사랑은 결코 기분에 따라 좌우되어도 좋은 그런 것이 아닙니다. 목숨 바쳐 지켜야 할 그런 정신이 요구되는 사랑입니다. 부부 사이는 본래 그러하였습니다.

창세기에서 보면, 하느님이 아담의 갈빗대 하나를

뽑아 여자를 만드시고 아담에게 데려오셨습니다. 아담이 여자를 보자 이렇게 외쳤습니다. "드디어 나왔구나, 내 뼈에서 나온 뼈요, 내 살에서 나온 살이로구나. 지아비에서 나왔으니 지어미라고 부르리라." 참으로 아담의 이 외침은 자신의 반쪽을 본 사랑의 외침입니다. 그리고 부부 일체란 말의 깊이를 우리는 알 수 있습니다. 이것을 보면 부부는 어떤 처지에서도 떨어질 수 없고, 서로 사랑으로 하나되어야 합니다.

주님은 우리를 그렇게 사랑하십니다.

우리가 이 사랑을 깊이 깨달으면 우리도 남을 더 잘 이해하고 사랑할 수 있으리라 믿습니다. 특히 부부 사이에서 그러할 것입니다.

우리는 주님이 나를 사랑하시듯 나도 나의 아내, 나의 남편을 끝까지, 어떤 처지에서도 사랑하겠다고 결심합시다.

둘

우리는 지금 어디 있는가?

참된 평화는 마음의 평화입니다

평화는 우리 겨레의 절실한 소망입니다. 온 세계가 가장 갈망하는 은혜입니다. 우리가 심어야 할 평화는 세상이 주는 평화와는 다릅니다. 그리스도의 평화, 그것이 우리가 심어야 할 평화입니다.

세상은 물리적인 힘, 무력이나 재화와 같은 것으로 평화를 얻을 수 있고 지킬 수 있다고들 믿습니다. 그러나 그것은 참된 평화가 아닙니다.

참된 평화는 마음의 평화입니다. 진리에 살고, 정의를 실천하고 사랑을 베풂으로써 이룩되는 평화입니다. 교황님의 말씀대로 진리, 정의 그리고 사랑이야말로 평화의 참 무기입니다. 우리는 그리스도처럼 이 평화를 전합시다. 쉴 새 없이 시련을 극복해 가면서…….

그리스도께서는 바리새인들과 당대 권력자들의 반대와 모함, 박해에도 불구하고 그러한 참 평화의 기쁜 소식을 전하셨고 그것을 위해 당신을 바치셨습니다. 우리도 그리스도를 본받아 매일 매일의 생활에서 만나는 모든 사람들에게 말과 행동, 미소 하나일지라도 사랑을 실천해야 합니다.

지금도 굶주림에 시달리는 사람이 많습니다. 먹을 것이 적어서만이 아닙니다. 그보다도 사랑에 굶주리고 있기 때문입니다. 목마른 사람이 많습니다. 마실 물이 없어서가 아니라 누구도 그 메마른 마음을 적셔 줄 사랑을 베풀지 않기 때문입니다. 헐벗은 사람이 많습니다. 옷이 없어서라기보다 아무도 그들을 사랑과 이해로써 감싸 주지 않기 때문입니다.

그렇게 옥에 갇힌 사람처럼 고독하고, 중병을 앓는 사람처럼 고통 중에 있는 이들이 많습니다. 모두가 그리스도의 사랑을, 우리의 사랑을 기다리고 있습니다. 여러분이 그들 하나에게 한 것이 곧 그리스도께 한 것이 될 것입니다.(마태 25, 40)

우리 하나하나가 고통 중에 있는 사람들에게 사랑을 베풀 때 참 평화는 증진될 것입니다.

우리는 지금 어디 있는가?

　사실 지금, 인간은 물질적인 발전 속에 병들고 시들고 침몰되어 가고 있습니다. 이제는 인간도 상품적인 가치밖에 없습니다. 그의 지식, 그의 기술, 그의 모든 것이 경제적 측면으로 보아서 얼마나 보탬이 되고, 능률적이냐에 따라서 평가되고 있습니다.

　마치 공산주의 사회에서 한 인간의 가치 기준은 그 당성(黨性)과 당에 대한 충성 여하에 있듯이 자본주의 사회에서는 인간의 가치가 능률로써 평가됩니다. 인간이 마치 생산 도구나 상품처럼 그 인간의 생산 능력, 그 인간의 상품성, 시장성 여하로 평가됩니다. 이렇게 인간을 비하시키고 천시하면서 그들에게 윤리와 도덕을 기대할 수 있습니까? 없습니다. 그런 인간 집단에서 끊임없이 부정 불의와 윤리적 타락이 나와도 조금도 놀랄 것이 못됩니다. 당연한 귀결입니다.

그래서 우리는 경제적 발전에도 불구하고 형무소를 크게 지어야 하고, 국민을 단속하는 법을 많이 만들어야 합니다. 여기서의 인간관계는 이해관계로 맺어질 뿐입니다. 그런 판에 정의니 사랑이니 진리니 하는 것은 하나의 구두선일 뿐 아무런 생산적 가치가 없는 것입니다. 결국, 우리의 현실은 고도성장에 반비례해서 퇴보된 인간, 정신적으로 텅 빈 인간을 만들어내고 있습니다.

그럼 이런 인간들만 모인 사회가 과연 어떻게 정신적으로 강한 사회가 될 수 있습니까? 서로 사랑하고 존중하는, 하나로 결속된 사회 공동체, 국가와 민족으로 기대할 수 있습니까? 없습니다.

정신 발전이 따르지 않는 상태에서 극심한 빈부의 격차를 그대로 두고 공산주의라는 강한 이데올로기와 총칼로만 문제를 해결을 할 수 있다고 봅니까? 없습니다. 우리는 지금 우리 사회가 내부로부터 정신적으로 허물어져 가고 있는 것을 직시해야 합니다.

우리는 지금 어디로 가고 있습니까? 평화입니까? 폭력과 전쟁입니까?

물질 위주의 사회적 가치관이 오늘날 우리 자신과 우리 가정을 얼마나 심각하게 위협하고 있습니까? 얼마나 내적으로 부패시키고 있으며 파괴하고 있습니까? 우리 자신의 마음까지 삭막한 황야처럼 메말라 가고 있지 않습니까?

우리에게 희망과 행복, 자유와 평화의 문이 크게 열리기를 간절히 빕니다. 그 문은 우리의 정신, 우리의 마음, 우리의 양심의 문입니다. 정의와 진리와 사랑에 대한 우리 마음과 정신 그리고 우리 양심의 문이 얼마나 크게 열리느냐에 따라서 희망과 행복, 자유와 평화의 문이 크게 열릴 수도 있고 닫힐 수도 있습니다.

인간과 인간사회를 밝혀주고 역사를 빛나게 하는 것은 진리의 빛입니다. 정의의 횃불이요, 사랑의 등불입니다. 거기서 우리의 행복이 있습니다.

그리스도를 닮은 사람

사랑이란 말은 우리 모두가 가장 좋아하는 낱말입니다. 사랑이란 그 낱말은 무언가 감미로움조차 느끼게 합니다. 우리 모두는 사랑을 좋아하고, 바라고, 노래하고, 꿈꿉니다. 그러면서도 누구를 참으로 사랑한다는 것은 쉽지 않습니다. 쉽지 않을 뿐만 아니라 이기적인 우리 자신을 들여다볼 때에 누군가를 사랑한다는 것은 불가능하게 느껴집니다.

얼마나 우리는 자기중심적이고 남에게 인정받기를 원합니까? 그러면서도 내가 남을 인정할 때에는 얼마나 인색합니까? 나의 잘못은 남이 용서해 주기를 바랍니다. 남이 이해해 주기를 바랍니다. 그러나 내가 남의 잘못을 용서해주고 이해해주는 데는 대단히 인색합니다. 이렇게 우리는 자기중심적이고 이기적이고 자만에 차 있으며, 또 남을 생각할 줄 모릅니다. 그래서 남을 사랑한다는 것이 얼마나 힘든 것인지 고백하지 않을 수 없습니다.

그러나 동시에 우리는 그 사랑을 떠나서는 살 수 없습니다. 사랑이 없으면 우리 각자의 삶은 삭막하기 그지없고 사랑이 없을 때 우리 가정은 파탄될 수밖에 없습니다. 사랑이 없는 사회는 황무지와 같은 사회이고 사랑이 없을 때는 자연히 서로 간에 미움이 있을 수밖에 없습니다. 미움은 분쟁을 낳고 종국에는 분열을 가져옵니다. 사랑이 없으면 결국은 인간사회란 것은 지옥과도 같습니다. 그렇기에 우리는 아무리 어렵고 또 힘이 들더라도, 어떤 희생이 요구되더라도 우리가 인간으로서 살기 위해서는 얼마나 사랑하였는지 생각하고, 우리에 대한 하느님의 사랑과 자비와 용서가 얼마나 큰지를 깊이 깨달아야 합니다. 이 사랑을 깊이 깨달을 때 우리에게도 남을 사랑하는 것이 가능하게 됩니다. 또한 우리도 하느님이 우리를 사랑하기에 가신 그 길을, 당신 자신을 비우시고 희생하신 그 길을 갈 줄 알 때 우리에게도 사랑이 가능할 것입니다.

하느님은 우리를 사랑하신 나머지 당신의 외아들을 보내주셨고, 그 외아들은 자신을 온전히 비우시고 낮추셔서 사람이 되셨을 뿐 아니라 우리를 위해서 십자가에 죽기까지 하셨습니다.

예수 그리스도가 바로 그분이십니다. 십자가에 죽으신 그리스도 그분은 실로 우리에 대한 하느님의 사랑의 증거요, 구체적인 표현입니다. 그리스도는 또한 우리를 위해서 죽으셨을 뿐 아니라 성체 성사에서는 우리의 양식, 우리로부터 먹히는 존재, 우리의 밥이 되기까지 하셨습니다. 이렇게 죽으시고 밥이 되시기까지 하신 하느님, 그 하느님의 사랑은 실로 한이 없습니다.

우리가 이 하느님의 사랑을 참으로 깊이 기도하는 마음으로 묵상하고 산다면 우리는 진정 그리스도 속에 사는 사람이 될 수 있습니다. 우리는 올바른 인생길을 가는 사람들이 될 수 있습니다.

왜냐하면 하느님 사랑의 육화이신 예수님은 우리의 길이요, 진리요, 생명이시고 또한 일치이십니다. 우리는 그리스도께서 가신 길, 그 길을 감으로써 그리스도와 닮은 사람이 될 수 있습니다. 그리스도와 같이 이웃과 사랑으로 모든 것을 나누는 사람, 이웃의 아픔과 고통까지도 나누는 사람이 된다면 우리는 그리스도와 닮은 사람이 됩니다. 누구의 말씀대로 고통은 나눔으로써 줄어들고 사랑은 나눔으로써 늘어납니다.

우리 모두가 이렇게 그리스도를 닮아 사랑으로 나누는 삶을 산다면 우리 사회 안에는 우리 이웃의 고통과 불행히 현저히 줄어드는 대신에 사랑과 인정이 가득 찰 것입니다. 이렇게 된다면 얼마나 아름답고 거룩하며 밝고 인간적인 사회가 되겠습니까? 이런 세상이야말로 우리가 그토록 갈망하던 꿈의 실현이 아니겠습니까? 이런 세상이야말로 참으로 하느님 나라의 임하심이 아니겠습니까?

우리 모두 이렇게 주님의 길을 따라서 사랑할 줄 아는 사람이 됩시다. 그래서 우리가 살고 있는 이 사회를 진정 아름답고 인간다운 정이 넘치는 밝은 사회로 만드는 사람이 됩시다.

돈만 있으면

　우리는 과거 그 어느 때보다도 물질적인 면에서는 보다 발전된 시대에 살고 있습니다. 인간이 달에 가서 산책하는 광경을 안방에 앉아서 볼 수 있을 뿐 아니라 앞으로 우리도 정말 달 구경을 갈 수 있으리라는 희망을 갖게 되었습니다. 짚신에 갓을 쓰고 한양 천리 길이라던 것이 바로 엊그제 일인데 지금은 서울과 부산을 하루면 편히 오갈 수 있게 되었습니다. 즐비하게 늘어선 현대식 고층 건물하며 거리에 물결치는 자동차가 넓은 의미로는 다 우리의 것입니다. 참으로 돈만 있으면 살기 좋은 세상입니다.

그런데 이 '돈만 있으면'이라는 조건이 문제입니다. 이 좋은 세상에도 불구하고 우리 주변에는 얼마나 많은 사람들이 굶주리고 있습니까? 일할 자리가 없어서 굶는 사람, 일을 하고도 응당한 품삯을 받지 못해서 굶는 사람, 불의의 재난으로 굶는 사람, 서울 변두리나 산등성이에 깔려 있는 판잣집들, 움집들, 그 밖의 생에 시달리는 사람들이 너무나 많이 우리 주변에 있습니다. 이른 새벽부터 밤늦게까지 일하는 노동자들이 10년을 일하면 떳떳이 살 수 있는 집과 자본을 마련 할 수 있을 법도 한데 우리의 현실은 그렇지가 못합니다. 말단 공무원, 하급관리, 교육자, 회사원, 기술자 등 각 분야의 거의 모든 사람들이 박봉에 생활고를 면치 못하고 있습니다.

결국, 우리는 이른바 4대악 또는 5대악이라는 윤리병에 걸린 사회에 살고 있는 것입니다. 단적으로 말해서 양심을 속이든가 팔지 않으면 하루하루의 생활도 이어 갈 수 없는 것이 우리 사회입니다. 그 병폐를 통탄하여 각종 홍보기관은 이를 고발하는 자기 사명에 충실하고자 하며 정부는 사회악 근절에 안간힘을 쓰고 있는 터입니다. 그럼에도 각종 악은 우리 사회에서 좀처럼 근절되지 않고 있습니다. 그것은 정부에서 쓰는 약이 한도가 있기 때문입니다. 정부가 할 수 있는 일이란 계몽과 징계뿐입니다. 그러나 도둑 하나를 순경 열이 못 당한다는 속담도 있듯이 징계만으로 죄악을 뿌리 뽑을 수는 없습니다. 윤리병은 역시 윤리라는 약으로 고칠 수밖에 없습니다.

우리 사회현실이 가장 절실하게 요구하는 윤리 덕목은 무엇보다도 정의와 사랑입니다. 사랑은 인간을 가장 아름답게 만드는 덕행이며, 모든 악의 씨앗을 제거하는 해독제입니다.

사도 바오로의 사랑의 찬가(1고린 13, 1-13)에 있듯이 사랑은 남을 시기하지 않으며 남에게 오만하지 않고 사리사욕에 급급하지 않습니다. 그러므로 이웃에 대한 사랑이 두루 퍼져 있는 사회에서는 중상모략이나 불화에서 불화로 끝나는 정치 선전 같은 것이 있을 수 없는 것입니다.

이 불미스러운 것은 얼핏 보면 한 단체와 한 단체의 싸움인 것 같지만 그것이 미치는 영향은 사회 전체를 썩어 들어가게 할 정도로 큽니다. 그러므로 그 단체가 정당이라면 국민을 사랑하는 원칙에서 정치 활동을 해야 하고, 기업체나 회사라면 종업원이나 회사원들의 억울한 희생을 딛고 서 있어서는 안 됩니다.

그리스도는 우리를 구하시기 위해 당신의 살과 피, 생명 전부를 남김없이 내주셨습니다. 참사랑은 거기에 있습니다. 풍요한 생활을 하면서 남는 것의 얼마를 조금 떼어 남에게 주는 것은 진정한 사랑이 아닙니다. 우리는 모두가 다 같이 잘 살자는 것이며, 잘 살되 정당하게 살자는 것입니다. 그러므로 진정한 사랑의 사회는 정의를 바탕으로 해야 합니다.

정의는 인간의 기본 권리를 존중하는 것으로서 각자가 자기 권리를 침해받지 않으려면 먼저 다른 사람의 권리를 침해하지 말아야 합니다. 인간은 자기 자신과 가정의 영예로운 생활을 위해 일하면서 정당하게 살 권리를 갖고 있는 것입니다. 남의 권리를 침해하여 남에게 돌아갈 몫을 착복하고 남의 희생으로 치부하는 사람은 빨리 잘 살게 되는 것 같지만 결국에 가서는 나도 남도 다 한꺼번에 망하게 합니다. 일을 시키는 사람은 정당한 품삯을 지불해야 할 것이며 일하는 사람은 일한 만큼의 품삯을 받아야 할 것입니다. 부정부패의 정도는 한 사회가 이와 같은 정의의 이념에서 멀어져 가는 거리로써 잴 수 있습니다.

우리가 흔히 경시하고 있는 일이지만 위에서 말한 정의의 이념은 한 가정 안에서도 적용됩니다. 한 가족의 생활 책임을 맡은 사람은 자기 가족 모두에게 분

수에 맞는 생활을 보장해야 할 의무가 있는 것입니다. 만일 어떤 가장이 한 달 봉급을 가족을 위해 쓰지 않고 자기 개인의 쾌락이나 사치를 위해 탕진한다면 국가법의 제재는 받지 않는다 해도 윤리적인 면에서는 정의의 정신을 짓밟는 것이 될 것입니다. 가장이 매일같이 요정이나 술집에서 돈과 시간을 낭비하고 자정을 알리는 시계소리와 함께 집 문턱을 들어서기 일쑤라면 그 가정은 파경에 이를 것이 뻔합니다. 또 그러한 가정 파탄은 결국 사회악을 조장하는 결과를 초래할 것입니다. 우리 사회에 정의의 질서가 바로 잡히고 사람들이 서로 남을 도와주는 사랑의 정신으로 유대를 맺을 때, 우리는 모두 잘 살게 될 것입니다.

이제 우리는 부정부패에 썩어 없어지고 마느냐, 아니면 정의와 사랑의 이념을 실현시켜 잘사느냐 하는 양자택일을 해야 할 막다른 골목에 들어서 있습니다.

위에서 말한 정의와 사랑의 정신은 바로 그리스도

께서 몸소 실천으로써 가르쳐 주신 윤리입니다. 그러니 이 두 가지를 실천하지 못하고 신앙생활을 한다면 그것은 모두 헛된 일인 것입니다. 윤리적으로 썩은 사회야말로 우리의 가장 무서운 원수입니다. 부정을 하지 않고서는 못사는 사회라 해도 우리만은 부정을 하지 말고 살아가야 하지 않겠습니까? 우리가 참된 신앙생활을 하기 위해서는 올바르게 살 수 있는 사회가 실현되어야 할 것입니다. 그 운동을 누군가가 시작해야 한다면 그것은 우리들이 아니고 누구이겠습니까? 일의 크고 작음을 가리지 말고 우리부터 실천에 옮깁시다.

쇄신과 화해

쇄신과 화해는 그리스도의 복음 정신으로 우리 각자의 존재와 생활이 새로워지고 새 인간이 됨으로써 그리스도 안에 모두가 형제적 사랑으로 일치되는 것입니다. 그것은 바로 하느님의 구원이요, 하느님 나라의 임재(臨齋)입니다. 하느님의 나라는 진리의 나라요, 정의의 나라요, 사랑의 나라요, 참된 자유와 평화의 나라입니다. 이는 곧, 그리스도의 나라이기 때문입니다.

하느님의 나라는 이 세상의 것이 아닙니다.(요한 18, 36) 그러나 동시에 세상을 떠나서 있는 것도 아님니다. 오히려 세상 안에 있는 것입니다.

하느님 나라는 우리 안에 이미 존재하고, 우리가 살고 있는 사회 속에 이룩되어야 합니다. 그것은 영원을 향해 세워졌으며 또한 영원에서 완성됩니다. 그것은 이 시간 속에, 이 역사 속에서 시작되어야 합니다.

그런데 쇄신과 화해는 근본적 회개를 전제로 합니다. 선구자였던 세례자 요한의 첫 말씀도, 구세주 그리스도께서 하신 첫 말씀도 '하늘 나라가 가까웠으니 회개하라'는 것이었습니다.(루가 3, 3; 마태 4, 17) 또한 성령 강림날 사도 베드로가 "그러면 우리는 어떻게 하면 좋겠습니까?"하고 묻는 군중의 물음에 답한 첫 마디도 역시 "회개하시오"였습니다.(사도 2, 37-38)

그럼 회개란 무엇을 뜻합니까?

회개는 허위를 떠나 진리로 돌아가는 것입니다. 불의를 씻고 정의를 실천하는 것입니다. 미움과 다툼을 버리고 용서와 사랑을 주고받는 것입니다. 회의와 불신의 장벽을 벗기고 믿음과 신뢰를 회복하는 것입니다. 어둠을 이기고 빛을 향해 가는 것입니다. 절망에서 희망으로 옮겨가는 것입니다. 죽음의 멍에를 벗고 생명의 주이신 그리스도께로 돌아가는 것입니다.

복음에 의하면 그리스도를 믿는 것이요, 그리스도를 따르는 것입니다. 그리스도를 통하여 하느님께로 완전히 돌아가는 것입니다. 이것이 회개의 근본이며 또한 쇄신과 화해의 본질입니다.

오늘날 우리는 어느 때보다 우리 자신을 위해서나 국가사회를 위해서 이 같은 회개를 필요로 합니다. 우리 겨레는 지금 분명히 정치적으로나 경제적으로 또한 정신적으로 큰 시련에 부딪혀 있으며 난국에 직면해 있습니다.

그 근본 원인은 무엇입니까? 그것은 결코 자유와 정의의 외침이 너무 높아서도 아니요, 인권 회복의 주장이 너무 커서도 아닙니다. 그런 외침은 오히려 더 크게 삼천리 방방곡곡에, 남북 동포의 가슴마다에 메아리쳐야 합니다. 그래야만 우리 겨레는 안으로는 자유 대한의 민주 회복과 통일을 달성할 수 있고, 밖으로는 인류 역사의 어둠을 밝히고 세계를 구원하는 빛이 될 수 있습니다.

우리가 직면해 있는 오늘의 난국의 근본 원인은 물질적 빈곤에 있다기보다 정신적 빈곤에 더 있습니다. 우리의 정신과 마음이 돈과 권력의 물신주의적 가치관에 지배되어 거짓과 위선, 불신과 부정이 우리 모두를 노예처럼 사로잡고 있기 때문입니다. 한마디로 진리와 정의와 사랑의 결핍으로 우리 영혼이, 인간 자체가 병들고 썩어 가고 있기 때문입니다.

우리는 회개해야 합니다. 살기 위해서, 하느님의 모습으로 창조된 인간으로서 인간답게 살 수 있도록 진리요, 길이요, 생명이신 그리스도께로 회개해야 합니다. 그분의 부르심에 응답하여 그분을 따라야 합니

다. 그분을 닮아 진리의 증거자, 정의와 사랑의 실천
자가 되어야 합니다. 우리는 이 세상에 어둠을 밝히
는 빛이 되고, 이 땅의 부패를 막는 소금이 되어야 합
니다.

세상을 구하는 사랑

　인도 빈민가의 어머니 데레사 수녀님은 "가정은 자애가 깃든 보금자리이며 무한히 서로 용서하는 곳이 되어야 합니다. 오늘날은 모두가 매우 바쁜 나날을 보내고 있습니다. 보다 큰 발전, 더 많은 부를 찾고 있습니다. 어린이들은 부모와 함께 지내는 시간이 거의 없으며, 부부는 자기들 서로를 위한 시간조차 낼 수 없는 형편입니다. 세계 평화의 붕괴는 이 같이 가정에서부터 시작합니다"라고 말했습니다.

　신자 가정은 세포 교회요, 하느님 백성의 일치의 기초입니다. 가정의 화목이 깨진 곳에 하느님 백성의 일치를 기대할 수 없습니다.

그런데 가정이 사랑의 공동체가 되기 위해서는 먼저 부부가 서로 진정으로 사랑해야 합니다. 신자 부부는 자신들의 사랑의 일치를 위해서 죽으신 그리스도를 생각하며 함께 기도함으로써 그분 안에 깊이 결합되어야 합니다. 그렇게 부부가 같이 그리스도 안에 기도로써 하나가 되어 살 때, 그 가정은 행복하고 성화될 것입니다. 그런 가정을 통해서 교회도 사회도 참된 사랑을 바탕으로 성장하고 발전할 수 있습니다.

다음으로 우리는 우리의 이웃을 사랑합시다. 그 중에서도 가난이나 병고에 신음하는 이웃, 고통 받고 소외된 이웃, 그 밖에 여러 시련 속에 놓인 이웃을 돕고 그들과 우리의 가진 것을 나누며, 그들의 고통까지도 함께 나누는 정신으로 살아야겠습니다. 수난하신 그리스도는 바로 그들 가운데 오늘도 현존하십니다.

우리는 "가장 보잘것없는 사람 하나에게 해준 것

이 바로 나에게 해준 것이다"(마태 25, 40)라고 하신 주님의 말씀을 명심하고 이를 실천에 옮겨야겠습니다.

가정을 그리스도의 사랑으로 성화시키고 불우한 이웃을 그리스도를 대하듯 함으로써 믿는 이들은 이 사회 속에서 모든 이의 화해와 일치를, 복지를 위해 헌신할 수 있습니다.

그리스도께서 벗을 위해 자기 목숨을 바치는 것보다 더 큰 사랑은 없다고 하신 그 사랑으로 당신을 희생하심으로써 모든 이를 당신께로 인도하셨듯이 우리들 그리스도인이 사회의 모든 이의 화합을 위해서 자신의 모든 것을 바쳐 모든 이에게 사랑의 봉사를 해야겠습니다.

한 나라나 민족의 위대함은 남을 위해 자신을 바칠 수 있는 사랑과 봉사 정신에 사는 사람들이 그 속에 얼마나 있느냐에 달려 있습니다. 아무리 나라가 크고 물질적으로 부강하다 할지라도 국민 대부분의 정신이 사리사욕에 사로잡혀 있고 자신의 영달만 추구하는데 급급하다면 그런 나라는 조만간 쇠퇴하고 망하고 말 것입니다.

생명의 빛 메시아

오늘날 우리의 마음은 그 옛날 베들레헴의 외양간 못지않게 춥고 헐벗고 가난합니다. 그리하여 어느 때보다도 생명의 빛이신 메시아의 강생을 갈망하고 있습니다.

사실 오늘만큼 세계가 물질적인 발전을 이룩한 때가 없었고, 우리나라도 고도의 경제 성장을 자랑합니다. 그러나 그와 반비례해서 인간의 마음과 정신은 날이 갈수록 가난하고 황폐해져 가고 있습니다. 인간의 가치는 상실되어 가고 있습니다. 사람이 물질보다 앞선다는 원칙은 모두가 머리로는 알고 있지만 실생활에서는 그것이 뒤바뀌어 있습니다.

　근로자의 희생 위에 축제를 한다든가, 정부가 경제 성장을 위한 인구 억제 방안의 하나로 불임 수술과 낙태를 무제한 허용하려는 현실은 얼마나 우리 사회에 있어서 인간성과 인간 생명이 경시되고 있는지를 잘 증명해주고 있습니다. 이런 사고방식이 그대로 통용될 때, 다음 단계로는 경제성이 없고 비생산적인 무력한 인간, 병들고 노쇠한 인간은 제거되어도 무방하다는 주장이 나오지 않으리라고 누가 보장할 수 있겠습니까?

　인간은 윤리적이고 도덕적일 때 비로소 인간입니다. 인간이 하나의 동물처럼 혹사되고 정치나 경제의 도구에 지나지 않는 그런 풍토 속에서는 사람이 사람답게 살 수 있는 자리가 없습니다. 특히 가난하고 약한 이들이 발붙일 자리가 없습니다. 약자가 설 땅이 없는 곳에 사회 안정과 평화가 있을 수 없습니다.

그리스도는 본시 하느님의 독생자이십니다. 그럼에도 불구하고 우리 인간에게 당신의 생명을 풍성히 주시기 위하여(요한 10, 10) 우리와 같은 인성을 취하시고 비천한 몸으로 탄생해 오셨습니다. 뿐만 아니라 인간을 위해 봉사하시고 인간을 위해 당신의 목숨까지 십자가에 바치셨습니다. 특히 가난하고 헐벗은 이들을 당신과 똑같은 존재로서 대하셨습니다.(마태 25, 40)

그리스도는 이렇듯이 인간을 사랑하십니다. 그리스도께 있어서 하느님의 모습으로 창조된 인간보다 더 값진 것은 없습니다. 목숨이 음식보다 소중하고(마태 6, 25), 목숨은 세상 모든 것보다 귀하다(마태 16, 26)고 하신 말씀들은 모두 인간의 존귀함을 천명하신 것입니다.

그리스도는 인간을 거스르고 유린하는 모든 죄를 단죄하셨고, 특히 가난하고 약한 자를 멸시하며 짓밟는 일체의 억압과 불의, 부정에 대립하셨습니다.(마태 25, 44-46) 이들 가난하고 불행한 사람들에게 복음을 전하고 그들이 하느님의 모상인 인간답게 되도록 해방하는 것이 메시아이신 당신의 사명이라고 천명하셨습니다.

때문에 구세주의 모친이신 마리아는 그리스도의 그 같은 인류 사회 해방을 내다보시면서 다음과 같이 찬미의 노래를 읊으셨습니다.

주님은 전능하신 팔을 펼치시어
마음이 교만한 자들을 흩으셨습니다.
권세 있는 자들을 그 자리에서 내치시고
보잘것없는 이들을 높이셨으며
배고픈 사람은 좋은 것으로 배불리시고
부요한 사람은 빈손으로 돌려 보내셨습니다.
(루가 1, 51-53)

이러한 인간과 인간 사회의 해방자이신 그리스도에 대한 우리의 정신 자세는 어떡해야 합니까?

구세주의 앞길을 닦으며 하느님 나라가 임박했다는 기쁜 소식을 전한 세례자 요한은 마음의 회개를 외쳤습니다. 그리고 회개의 구체적 증거를 행동으로 보이라고 촉구하면서 '속옷 두 벌을 가진 사람은 한 벌을 없는 사람에게 주고 먹을 것이 있는 사람도 이와 같이 나누어 먹어야 한다'고 군중에게 엄명했습니다.(루가 3,8-11)

이는 단지 일반적인 통념의 이웃 돕기나 자선 사업의 권장이 아닙니다. 빈부의 격차와 같은 사회적 불의와 부정이 일소되어야 함을 강조한 것입니다. 나아가 세리와 군인 등, 권력과 금력을 잡은 사람들에게는 협박과 갈취 등으로 약한 백성의 권익을 침해해서는 안 된다고 엄중히 경고했습니다.(루가 3,12-14)

요한의 이 같은 말씀은 오늘날 우리에게도 그대로

적중합니다. 우리는 진정으로 회개하고 그 증거를 행동으로 드러내야 합니다. 이는 바로 그리스도처럼 인간을 참으로 존중하고 사랑하며, 그중에서도 가난한 이웃을 형제처럼 대해야 합니다. 진리이신 그리스도와 함께 살면서 그 정의를 구현해야 합니다. 그리스도를 따르고 닮는 길, 성인이 되는 길이 따로 있지 않고 바로 여기에 있습니다. 이는 곧 그리스도의 몸인 교회의 본질적 사명입니다.

참사랑의 힘

　세상은 힘을 숭상하고 있습니다. 개인이나 국가를 막론하고 모두가 힘을 얻음으로써 성공할 수 있다고 믿고 있습니다. 그리하여 그 힘을 얻고 더 쌓기 위해 지식, 돈, 지위 그리고 권력을 이용하려고 실로 치열한 경쟁을 벌이고 있습니다. 그 결과, 개인이나 국가나 모두가 소유의 노예가 되고 인간성은 갈수록 사라지고 있습니다. 힘이 축적될수록 사람과 사람 사이에, 나라와 나라 사이에 빈부의 격차가 커지고, 힘없는 자들은 힘있는 자들의 희생물이 되고 있습니다.

　온갖 불의와 부정도, 억압과 탄압도 일단 힘을 얻

으면 그것으로 정당화되고 기정사실로 묵인됩니다. 그래서 개인도 국가도 우선 힘을 확보하여 우세한 고지를 점령하려 합니다. 그러나 우리에게 있어서 힘의 우세한 고지라는 것이 있을 수 있겠습니까?

현대 세계가 그 지식과 자원을 총동원하여 축적한 힘의 상징은 무엇입니까? 이른바 강대국들이 보유하고 있는 핵무기입니다. 수많은 핵무기를 저장하고 준비함으로써 인류는 무엇을 달성할 수 있겠습니까? 그것이 인류에게 구원을 가져오겠습니까? 무제한으로 보급된 핵무기 체제에서 파멸밖에 더 기대할 것이 무엇이겠습니까?

우리 스스로에게 눈을 돌려 우리나라의 지난해를 살펴보아도 힘이라는 우상이 판을 쳐 왔음을 알 수 있습니다. 비록 전쟁은 직접 일어나지 않았다지만 우리나라의 경제가 몇몇 사람들의 손에 의해서 뿌리째 흔들리고 수많은 이들이 크게 타격 받는 모습을 역력히 볼 수 있습니다. 이도 결국은 힘을 추구한 소수 사람들의 과욕이 빚어낸 비극인 것입니다.

베들레헴에 탄생한 아기 예수를 보면 그에게는 아무런 위엄도 권능도 없습니다. 오히려 가난과 허약함뿐입니다. 그 허약함과 무력함으로 어떻게 이 세상을 구할 수 있단 말입니까? 이에 대한 답을 우리는 쉽게 찾을 수 없습니다.

그러나 분명한 것은 그분은 뺨 맞고 침 뱉음을 당하면서도 끝까지 힘없는 이의 모습을 지켜 가셨음에도 불구하고 어떤 힘있는 자보다도 위대한 일을 해내셨다는 것입니다. 그분은 나실 때부터 약하고 가난하셨을 뿐 아니라 죽으실 때도 무력하게 버림받은 자가 되어 십자가에 못 박히셨습니다.

그리스도께서는 그렇게까지 당신을 비우고 낮추셨기에 모든 낮은 자, 힘없는 자의 벗이 되셨습니다. 정치적, 경제적 또 사회적으로 힘없는 자들뿐 아니라 윤리적, 종교적으로도 자격 없는 이들까지 돌보고 아끼셨습니다. 그것은 그분이 사랑이셨기 때문입니다.

참사랑은 한편 무력합니다. 사랑하는 자를 위해서는 아무것도 거절할 수 없을 만큼 무력합니다. 어떠한 고통도, 죽음까지도 받아들입니다. 그러기에 사랑은 가장 무력하면서도 가장 강인합니다. 그러기에 사랑은 온 세상을 분쟁과 갈등과 파멸에서 구할 수 있는 구원의 첩경입니다.

예수 그리스도는 사랑이셨기에 어느 누구 한 사람도 외면하시지 않았습니다. 무력하셨지만 당신께 다가오고 수고하고 짐을 진 자들에게 당신 자신을 전부 내주시고 품어 주셨습니다.

그 사랑으로 '소경이 보게 되고 절름발이가 제대로 걸으며 나병 환자가 깨끗해지고 귀머거리가 들으며 죽은 사람이 살아나고 가난한 사람이 복음을 듣게'(루가 7, 22) 되었습니다. 그 사랑으로 좌절과 실의에 넘어진 사람들의 가슴에 희망이 가득 찼고, 미움과 저주로 일그러진 사람들이 용서와 화해의 기쁨을 알며, 오만과 독선에 오염된 사람들이 부끄러움을 알았습니다. 한마디로 죄의 굴레에 겹겹이 둘러싸였던 인간이 하느님의 모습을 닮은 참 인간답게 새로이 구원되었습니다. 구세주 그리스도께서 우리를 위해 당신을 철두철미 무(無)로 비우신 몰아적 사랑이 이 같은 큰 구원을 가져온 것입니다.

셋

우리에게 필요한 것

예수의 사람

교회는 그리스도와 같이 성령에 의해 생겨난 것입니다. 그리스도의 체현(體現)의 연장이 교회입니다. 그 때문에 교회는 그리스도의 몸입니다. 그리스도의 모습을 보여주지 않는 교회는 아직 참된 의미의 교회가 아닙니다.

그리스도의 모습은 형제적 사랑으로만 드러낼 수 있습니다. 제 생각으로는 우리가 지금까지 선교를 통하여 많은 신자를 양산해냈고 또 내고 있지만 참으로 형제적 사랑에 사는 신자, 그만큼 마음이 열린 신자를 얼마나 만들어 냈는지에 대해서는 의문이 듭니다.

얼마 전에 제가 교회 신자들의 모임에서 다음과 같은 문제를 이야기한 일이 있습니다. 문제는 '누가 신자입니까?'입니다. 개신교에서는 어떻게 생각하고 있는지 잘 모르겠습니다. 그러나 우리 교회에서는 대체로 세례를 받은 사람, 성당에 잘 다니는 사람, 특히 주일 미사 참례를 잘하는 사람, 아침 · 저녁 기도를 잘 드리는 사람, 교무금과 연보(捐補)를 잘 내는 사람과 같은 경우를 신자로 봅니다. 이런 사람들이 신자요, 어쩌면 훌륭한 사람일 것입니다. 여기다 더 욕심을 낸다면, 신자 재교육 운동이나 피정에 자주 참여하고, 이런 일에 적극적인 사람, 그리고 자기 소속 본당에서 사목위원, 반장으로 헌신적으로 봉사하는 사람, 그 외에 교리도 잘 알고, 성격도 잘 알면 더할 나위 없이 훌륭한 신자라고 간주할 것입니다.

저 역시 이런 분들이 신자이고 또한 훌륭한 신자라는 데 동감합니다. 그러나 우리가 만일 이와 같이 통념적으로 세례 받고 교회에 잘 나가고 주일을 잘 지키고, 교회의 규율을 잘 지키고, 성경, 교리를 잘 알고, 헌금을 잘 내고 등등을 좋은 신자 규범으로 생각한다면 우리는 모르는 사이에 예수 시대의 율법 학자나 바리새인들과 같은 개념으로 누가 신자인지 아닌지를 판단하고 있지 않나 하는 염려가 있습니다.

그 때는 할례를 받은 자, 안식일을 비롯한 율법을 잘 알고 지키는 자, 회당에 성금을 잘하는 자 등이 훌륭한 신자였습니다. 이들은 바로 이렇게 스스로 훌륭하다고 자부하였기에 선민의식에 젖어 있었고, 또 하느님 나라의 시민 자격을 지녔다고 자신했습니다. 아마도 우리의 좋은 신자, 열성적인 신자들도 같은 선민의식과 자신감을 지니고 있을 것입니다. 누구보다도 교역자들인 우리 자신이 이같이 자부하고 또한 자신하고 있습니다.

그런데 이 같은 관념에 대해서 예수님은 어떤 태

도를 취하였습니까? 그는 어떤 사람이 하늘나라를 차지할 것이라고 말하였습니까?

예수님은 마음이 가난한 사람, 슬퍼하는 사람, 온유한 사람, 옳은 일에 주리고 목마른 사람, 자비를 베푸는 사람, 마음이 깨끗한 사람, 평화를 위하여 일하는 사람, 옳은 일을 하다가 박해를 받는 사람 등 이런 사람들이 바로 하늘나라의 시민이라고 말했습니다. 결국 이런 사람은 바로 예수님 자신을 닮은 사람입니다. 예수님과 같이 사랑할 줄 아는 사람이요, 그중에서도 가난한 이, 죄인, 창녀, 간음한 여인 등 보잘것없고, 버림받고, 억눌린 이들을 사랑할 뿐 아니라, 그들과 자신을 일체화시키는 사람입니다.

더 나아가 원수까지도 용서해 줄 줄 알고, 마침내는 예수와 같이 진리를 위해 몸 바치고 이웃을 위해 모든 이를 위해 자기 목숨까지도 바칠 줄 아는 사람입니다.

한마디로 예수님처럼, 참된 형제애로 살 줄 아는 사람입니다. 사도 바오로의 말을 빌리면 "그리스도 예수께서 지니셨던 마음을 여러분의 마음으로"(필립 2,5) 사는 사람, 이런 사람이 참으로 예수님의 사람, 곧 참된 의미의 그리스도교 신자입니다.

결국 우리는 사랑을 살 때에 참으로 신자입니다. 그리고 형제적 사랑이 있는 곳에 교회가 있습니다. 성령의 임하심과 부활하신 그리스도의 현존의 유일한 증거는, 예수님께서 사랑하신 것처럼 우리가 서로 사랑할 줄 알고, 그 사랑으로 모든 이를, 특히 가난하고, 버림받고, 억눌린 이들을 우리가 가슴에 품을 때입니다.

그들과 고통을 나눌 줄 알 때입니다. 그들에게 관심을 두고, 그들의 전인적 해방을 위해서 헌신할 때입니다.

참 행복으로의 길

인간은 누구나 다 행복을 찾고 있습니다. 그리고 이 행복은 완전하고 무한하며 영원해야 합니다. 그런데 세상의 어떤 것도 우리에게 이것을 줄 수 없습니다.

오늘날 우리들은 '돈이 제일이다, 권력이 제일이다'라고 생각하는 사회 속에 살고 있습니다. 또는 사회적 지위, 명예를 선망하고 있습니다. 왜 공부를 하느냐고 물으면 결국 이런 것을 얻기 위해서라고 답할지 모르겠습니다. 돈이나 권력, 높은 지위, 명예 등 한마디로 부귀영화, 이런 것이 나쁜 것이 아닙니다. 뿐만 아니라 사람은 사람답게 살기 위해서 최소한 의식

주는 족해야 합니다. 하지만 인간은 그런 것만으로는 행복할 수 없습니다. 인간이 참되고 선하며 남을 진실히 사랑할 줄 알 때 마음에 평화가 있고 행복해집니다. 진리, 정의, 사랑의 인간이 될 때에 진실한 인간이 되고, 날로 더욱 완성되고 행복으로 나아갈 수 있습니다. 그런데 진리는 무엇이며, 정의는 무엇입니까? 더욱이 사랑은 무엇입니까? 단지 추상적인 것입니까? 학문적 이론입니까? 단순히 윤리적인 것입니까? 우리는 우리의 마음을 밝혀주고 인도해주며 우리를 참된 길로 이끌어 주는 것을 진리라고 합니다.

그렇다면 추상적인 것이, 단지 학문의 대상밖에 되지 않는 것이 인간을 진정으로 살게 하는 힘을 가졌다고 볼 수 없습니다.

진리는 그 이상의 것이어야 합니다. 살아있고 존재하는 것, 우리가 살아있다는 것보다도 더 깊은 의미로 살아있고, 우리가 존재한다는 것보다도 더 본질적인 의미로 존재하는 어떤 것이어야 합니다. 그 자체가 생명이어야 하며 빛이어야 하며 사랑이어야 합니다. 또한 영원하고 무한한 존재여야 합니다. 이렇게 볼 때, 진리는 진리 자체이신 하느님이십니다. 그분은 또한 정의 자체요, 사랑 자체, 생명이시고 빛이신 분이십니다. 하느님의 자녀가 된다는 것은 이런 하느님의 아들들이 된다는 것입니다.

하느님은 본시 모든 인간을 이렇게 되도록 하기 위해 창조하셨습니다. 그런데 인간은 죄를 짓고 진리를 떠나고, 정의를 거스르고 사랑으로 살지 않음으로써 하느님이 뜻하신 대로 되지 않고 왜곡되었습니다.

하지만 하느님은 당신이 뜻하신 대로 인간을 다시 살리시기를 원하십니다. 그리하여 인간을 구원하시기로 작정하시고 구원 사업을 하셨습니다.

하느님의 인간과 인간 세계 구원의 이야기를 우리에게 전해 주는 것이 성경입니다. 여기에 따르면 하느님은 모든 인간을 당신 자녀로 다시 살리시기를 원하시고, 인간 서로는 형제같이 되어 모두가 당신의 사랑 속에 영원히 하나 되어 살기를 원하십니다. 또 이를 위해서 모든 것을 다하셨습니다. 끝내는 당신의 외아들이신 분을 세상에 보내시어 사람이 되어 오게 하시고, 모든 인간의 죄를 대신 보상케 하셨습니다. 우리를 위해서 십자가에 죽으시고 부활하신 그리스도가 바로 이분이십니다. 이 부활하신 그리스도께서 당신의 얼인 성령을 주심으로써 우리를 하느님의 자녀로 다시 나게 하십니다. 결국 이것이 인간을 참된 인간이 되게 하며, 인간이 추구하는 그 행복으로의 길을 열어 주는 것입니다.

생명의 빛

『빛 속에서』라는 책에는 이런 이야기가 있습니다. 어느 작가의 펜팔이 써 보낸 편지입니다.

나는 요즘 오랜 소원이 이루어져서 나병 수용소에서 1박(泊)하고 왔습니다. 나의 소망은 병문안하는 것이었는데, 도리어 내가 위문을 받고 왔습니다. 그 중 A라는 분은 참으로 멋진 분이었습니다. 그분은 벌써 오십이 훨씬 넘은 분 같았습니다. 앞도 못 보고 손끝도 마비되고 꼬부라진 혀끝으로 점자의 책을 읽었습니다.

그분은 혼자서는 서지도 못하고 돌아눕지도 못했습니다. 밥도 혼자서 먹을 수 없었습니다. 그분이 혼자 할 수 있는 것은 다만 호흡을 하는 것뿐이었습니다. 그래도 그분의 얼굴은 빛나고 기쁨에 넘쳐 있었습니다. 저는 호흡밖에 할 수 없는 사람이 그처럼 광채가 도는 얼굴을 하고 있다는 사실에 놀랐습니다. 자기 혼자서는 호흡밖에 할 수 없는 사람이 어째서 그렇게 빛날 수 있을까? 그 비결은 그의 머리맡에 있는 점자로 된 성경이었습니다.

　생각해보면 참으로 감동적인 이야기입니다. 여기 보다시피 '그 분'이라는 사람은 나병환자로 수족이 마비되고, 눈도 멀고, 코도 없는, 자기 힘으로는 호흡밖에 할 수 없는 사람입니다. 인간적으로 폐인입니다. 그런데 세상의 누구도 지니기 힘든 내적 빛에, 참된 생명에 가득 차 있습니다.

　그것은 곧 하느님 말씀의 덕입니다. 바로 그는 하

느님 말씀을 먹고사는 사람, 그것도 진짜 혀끝으로 먹고사는 사람이요, 하느님과 함께 사는 사람입니다. 인간으로서는 폐인과 다름없는데 그런 그가 가장 강한 복음의 전달자가 되고 있습니다. 스스로 하느님으로 가득 차 있기 때문에 그냥 있는 것만으로도 진실한 어떤 지식만이 아닌 정말 옆에 있는 사람의 존재 깊이까지, 실존적 어둠에까지 빛을 전하고 있는 것입니다.

이것으로 제가 지금 여러분에게 무엇을 말하고 싶은지 다 아실 것입니다. 우리의 삶 자체가 하느님으로 가득 차 있을 때는 우리 자신의 부족은 더 이상 문제가 아닙니다. 하느님은 우리의 지식, 우리의 능력, 우리의 언변을 필요로 하지 않습니다. 우리 자신을 원하십니다. 우리 자신이 당신으로 가득 0채워지기를 원하십니다. 그러면 하느님께서는 우리를 자연스럽게 당신 복음의 도구로 쓰실 것입니다.

하느님은 여러분을 보내실 뿐 아니라 같이 가십니다. 그리스도와 같이 당신의 성령을 주심으로써 함께 가시고 함께 일하십니다. 예수님도 "나를 보내신 분은 나와 함께 계시고 나를 혼자 버려두시지 않는다" (요한 8,29)고 하셨습니다.

세상의 빛이 되어

    요즘 우리 사회는 아주 어둡습니다. 국민 대부분이 연쇄적으로 일어나는 충격적인 사건으로 말미암아 실망과 좌절, 허탈감에 빠져 있습니다. 정부는 국민으로부터 신뢰를 회복하기 바라지만, 그것이 예삿일은 아닌 것 같습니다. 회복의 길이 아주 없지는 않지만, 그러나 그 길은 너무나 큰 것을 요구하기 때문에 이 정부로서는 받아들이기 힘들 것입니다. 결국은 불신의 심화라는 수렁 속에 자꾸만 빠져들게 될 것 같습니다. 이럴 때일수록 참으로 어둠을 밝히는 빛이 필요합니다.

빛은 어디서 옵니까?

언젠가 대신학교에서 알마(Alma)축제 미사를 봉헌했을 때의 일입니다. 성당에 입당할 때 제대 뒤에 걸린 큰 십자가가 유난히 눈에 띄었습니다. 그리고 그 십자가, 그 십자가에 달린 예수님이 역시 오늘 우리가 찾는 빛이요, 길이요, 진리요, 생명이라는 느낌이 들었습니다.

교회는 이 그리스도의 몸입니다. 그리고 오늘의 세상 속에서 이 그리스도는 살아야 합니다. 이 그리스도를 살 때에 교회는 오늘의 세상을 밝히는 빛이 될 수 있습니다. 이것은 또한 그리스도 안에서 다시 난 사람으로서의 당연한 소명으로 받아들여져야 합니다. 모두가 그리스도를 닮아야 합니다. 그리스도는 십자가의 모습입니다. 우리는 그리스도를 이렇게까지 닮을 각오가 되어 있습니까? 불의와 부정이 판치는 세상 속에서 진리, 정의를 위해 목숨을 바칠 각오가 서 있습니까? 이기적인 세상 속에서 벗을 위해서, 자기 생명까지도 바치는 사랑에 살 수 있습니까? 이 사랑에 우리가 산다면 이것이 오늘을 밝히는 빛이요, 길이요, 생명입니다.

겸손 · 믿음 · 사랑

겸손은 무엇입니까? 어떤 분이 겸손을 설명하며 그것은 땅과 같다고 하였습니다. 우리 발아래 있는 땅은 모든 것 아래 있습니다. 우리는 모든 오물과 썩은 것을 땅에 버립니다. 땅은 자신을 완전히 열고 이 모든 것을 받아들입니다. 그러면서 동시에 땅은 자신을 이렇게 열고 있기 때문에 하늘에서 내리는 태양빛과 빗물을 받아서 그 썩은 데서 새로운 생명을 싹트게 하고, 30배, 60배, 100배의 열매를 맺게 합니다. 이것이 바로 예수님의 겸손입니다. 그분은 실로 우리 모두의 죄와 나약까지도 다 당신의 가슴에 품으셨습니다. 우리 모두를 살리기 위하여 당신이 죽으셨습니다. 땅에 떨어져 썩음으로 많은 열매를 맺는 밀알이 되셨습니다. 오늘날 우리는 이 주님의 겸손을 깊이 묵상하고 배워야 하겠습니다.

우리 순교 선열들이 모진 박해의 고초 속에서 목숨 바쳐 증거한 믿음을 기리고 본받는 것은 의미가 있습니다. 순교 선열들에게 있어서 하느님은 참으로 모든 것이었습니다. 하느님은 모든 생명과 존재의 근원이자 구원이시며, 빛과 희망, 기쁨이었습니다. "하느님과 함께 있을 때 모든 것을 얻고 하느님과 함께 있지 않을 때 모든 것은 허무다"라는 것을 이분들은 깊이 깨달았습니다. 그 때문에 우리 순교 선열들은 박해하에 천주교를 믿으며 가진 모든 것을 빼앗기고 목숨까지 잃는다는 것을 알면서도 하느님께 대한 믿음을 잃지 않고 신명을 바쳐 이를 힘차게 증거하였습니다. 오늘날 우리에게 필요한 것은 바로 이같이 굳센 믿음입니다. 하느님을 진실히 모든 것 위에, 모든 것에 앞서 믿고, 사랑하고, 따르는 삶입니다.

　또한 우리 순교 선열들은 그 어려운 박해 속에 서로 사랑하기를 친형제같이 하였습니다. 이분들은 박해의 손길을 피해 떠난 피난 중에도 서로가 궁한 처지이면서도 가진 모든 것을 나누었습니다. 체포되어 혹독한 고문 아래 문초를 받을 때에는 서로 격려하고 서로를 위해 기도함으로써 믿음을 굳건히 지키도록 도왔습니다. 순교 선열들의 이 같은 믿음과 사랑은 박해자들까지 감동시켰습니다. 그리하여 마침내 박해자들 중에서 회개하고 영세 입교하여 자신도 순교자가 되는 경우마저 있게 되었습니다.

　우리는 이 같은 깊이의 신앙심을 가져야 합니다. 그러면 우리는 그리스도를 닮은 사람이 될 것입니다. 그리스도와 같이 우리들의 모습은 빛날 것입니다. 우리는 진정 이 땅의 소금이자 세상의 빛이 될 것입니다.

하느님께서 주신 선물

성경에 보면 예수님은 야곱의 우물가에서 만난 사마리아 여인에게 "하느님께서 주시는 선물이 무엇인지 또 너에게 물을 청하는 내가 누구인지를 알았더라면…."이라는 말씀이 있습니다. 예수님은 오늘날 우리에게도 같은 말씀을 하시리라 믿습니다. 참으로 중요한 것은 하느님이 우리에게 그리스도를 통하여 주시는 선물이 무엇인지, 그리스도가 누구신지를 아는 것입니다. 그리스도는 하느님의 충만이십니다. 요한 복음에 의하면 하느님을 알고 예수님이 누구신지 아는 것에 영원한 생명이 달려 있습니다.(요한 17, 3) 우리는 그리스도와 같이 하느님의 아들딸로서 이 사실을 성령의 감도 아래 깊이 인식해야겠습니다.

우리가 그리스도화되기 위해 뉴먼 추기경님이 바치신 기도를 함께 바치고 싶습니다. 마음으로 따라 기도해 주십시오.

사랑이신 예수님,

제가 어디에 있든

당신의 향기를 뿌릴 수 있게 도와주소서.

제 마음을 당신의 영과 생명으로 채워주소서.

제 존재에 온전히 스며드시고,

제 삶이 당신 생명을 발산하도록 저를 차지하여

주십시오.

저를 통하여 당신 빛을 비추시고,

제가 만나는 사람들이 모두 제 안에 사시는 당신을

느낄 수 있도록

제 안에 머무십시오.

사람들이 저를 보지 않고
제 안에 사시는 당신을 보게 하소서.
저와 함께 머무시어
제가 당신 빛으로 빛나게 하시고,
다른 사람들이 제 빛으로 밝아지게 하소서.
오, 주님! 모든 빛은 주님으로부터 옵니다.
아주 희미한 빛이라도
제게서 나오는 것은 하나도 없습니다.
당신께서 저를 통하여 다른 사람에게 비추시는
것입니다.
제 입이 삶의 모범과 함께 당신을 찬미하게 하시고,
제 주변의 다른 이들을 비추게 하소서.
당신을 설교하되
말보다는 행동으로,

행동으로 보여주는 모범으로,

당신이 제 마음에 주시는 사랑의 빛,

눈에 보이는 빛으로 설교하게 하소서. 아멘.

우리에게 필요한 것

사랑을 찾으면 외로워져요.

나를 참으로 위하는 사랑을 만나기는 힘드니까요.

사랑을 하면 기뻐져요.

사랑을 필요로 하는 이웃,

가난한 이웃, 불우한 이웃,

버림받은 이웃은 많으니까요.

기쁘게 살고 싶은가요?

그러면 사랑하세요.

하느님이 그대를 사랑하듯이 이웃을 사랑하세요.

하느님은 그대를 위해 죽기까지 하셨어요.

예수님의 사랑이 어떻게 표현되는지, 표현되지 않는지 그리고 그 사랑이 어떻게 우리 존재의 본질이 되는지 등 예수님의 사랑에 초점을 두고 말씀드리고자 합니다. 우선 아시아 가톨릭교회의 전망으로부터 말씀드리겠습니다. 내가 여러분 앞에서 말하는 것이 그리스도의 사랑을 받아들이고자 하는 사람이면 누구나, 어디에 있는 사람에게든 전해지기를 바랍니다.

아시아는 그리스도의 사랑에 응답할 것인가?

이것은 근본적으로 우리가 그리스도의 사랑을 아시아인들에게 어떻게 전달할 수 있는가에 달려 있습니다. 아시아인들은 그리스도교와는 다른 종교와 문화를 오랜 전통으로 지니고 있습니다. 거기다 오늘의 아시아는 급속도로 물질적으로 발전하고 있고, 모든 나라의 목표는 결국 물질적으로 선진국 대열에 드는 것입니다.

따라서 사람들의 가치관도 물질주의적이고, 세속

주의적입니다. 그만큼 종교나 영성에서는 거리가 멉니다. 가진 사람은 물론이고 가난한 사람들에게까지도 하느님보다는 돈이나 빵이 더 소중하게 보일 수 있습니다. 전체적으로 돈과 물질적 발전, 첨단 과학기술에 대한 욕망이 사회를 지배하고 있습니다.

이런 아시아인들에게 우리는 어떻게 하면 그리스도의 사랑을 전할 수 있을까요?

우리는 그리스도를 다른 이들에게 전하기 위해 지금까지도 나름대로 노력해왔습니다. 그러나 별 큰 성과는 없었습니다.

그 중요한 이유는 무엇입니까? 저는 두 가지라고 생각합니다.

하나는 '우리는 사랑하지 않았다. 그리스도를 사랑하지 않고, 사람들을 사랑하지 않았다'는 것이고, 또 하나는 '우리가 그리스도를 말로만 전하였지 그를 참으로 따르지 않았다. 그래서 우리는 그리스도를 닮지 않았다'는 것입니다.

  인도의 간디는 "나는 그리스도를 좋아합니다. 그러나 크리스천은 좋아하지 않습니다. 왜냐하면, 그들은 그리스도와 닮지 않았기 때문입니다"라고 말했습니다.

  이 말은 비단 간디만이 아니고 많은 비그리스도적 아시아인들이 가지고 있는 생각일 것입니다. 아시아에서 그리스도교가 잘 전파되지 않는 가장 큰 이유는 그들 자신의 고유의 종교나 전통 사상에서 오는 이유도 있지만, 우리 그리스도인들이 그리스도를 닮지 않은 이름뿐인 크리스천이기 때문일 것입니다.

  그럼 우리는 왜 그리스도를 닮지 않았습니까?

  그 이유는 우리는 그리스도를 사랑하지 않기 때문입니다. 그리스도를 사랑하지 않는 가장 큰 이유는 우리가 그리스도를 잘 모르는 데 있습니다.

  사도 바오로는 "나에게는 내 주 그리스도를 아는

지식이 무엇보다도 존귀합니다"(필립 3, 8)라고 하였습니다.

그런데 우리에게는 그 말씀 역시 절실하지 않습니다. 우리는 물론 그리스도의 생애를 아주 모르는 것이 아닙니다. 우리는 나자렛 예수가 어디서 나고 어디서 살고, 어떤 활동을 하다가 어떻게 죽었는지 알고, 그리고 무슨 말을 하였는지 알고 있습니다.

그럼에도 그리스도가 나의 주님, 나의 하느님이심을, 나의 길이요 진리요 생명이심을 이론적으로는 알지만 마음으로는 모릅니다.

무엇보다도 우리는 그리스도께서 우리를 얼마나 사랑하시는지를 모릅니다. 더 정확히 말하면 그리스도를 통하여 드러나는 하느님의 사랑을 우리는 아직 깊이 깨닫지 못하고 있습니다.

신구약 성경 전체가 우리에게 계시하는 하느님은 어떤 분이십니까? 하느님은 사랑이십니다. 그리고 하느님은 우리를 한없는 사랑으로 사랑하십니다. 하느님은 우리를 사랑에서 창조하셨고, 사랑으로 구원하십니다.

하늘과 땅, 우주 만물을 창조하신 하느님, 전능하신 하느님, 이 하느님께 있어서 가장 큰 관심사는 우리 인간 한 사람 한 사람입니다.

우리에 대한 하느님의 사랑은 실로 절대적이요, 한이 없습니다. 이것이 성경이 말하는 하느님이십니다. 그 증거는 십자가가 잘 말해주고 있습니다.

오늘날 우리에게 필요한 것은 우리를 죽기까지 사랑하시는 예수님의 사랑, 우리의 죄 속에 들어오시고, 우리의 죄를 대신 지셨으며, 인간이 겪는 모든 고통과 고독, 슬픔, 비참에까지 동참하실 뿐 아니라, 그 이상으로 즉 우리보다도 더 고통과 고독을 겪으시는 그리스도의 연민(Compassion)을 깊이 이해하는 것입니다. 그리고 이런 그리스도를, 외아들을 우리의 구원을 위하여 아낌없이 내어주신 하느님 아버지의 절대적이며 조건 없는 사랑을 우리가 깊이 깨닫는 것입니다.

사도 바오로는 이를 깊이 깨달은 나머지 "우리 모든 사람을 위하여 당신의 아들까지 내어 주신 하느님께서 그 아들과 함께 무엇이든지 주시지 않겠습니까?"(로마 8, 32)라고 하시면서, "죽음도, 생명도, 현재도, 미래도, 그리고 그 밖의 어떤 피조물도 우리 주 예수 그리스도를 통하여 나타날 하느님의 사랑에서 우리를 떼어놓을 수 없습니다"(로마 8,39)라고 말하였습니다.

사도 바오로는 참으로 우리에 대한 하느님의 절대적이요, 조건 없는 사랑을 깊이 믿고 확신한 분이십니다. 그러기에 그는 모든 박해와 시련, 거듭되는 생명의 위험을 무릅쓰고, 모든 이에게 모든 것이 되어 복음을 그 시대에 '세상 끝까지', 또 자기 목숨을 바치면서 전하였습니다.

저는 세상 누구에게든지 효과 있게 복음을 전하기 위해서는 사도 바오로의 이 믿음, 이 확신, 하느님 사랑에 대한 확고부동한 그 믿음이 필요하다고 생각합니다.

그리고 우리에게 또 필요한 것은 하느님에 대한 사랑입니다. 예수님은 사람들을 참으로 사랑하셨습니다. 이미 말한 대로 하느님께 있어서 제일 큰 관심사는 인간입니다. 하느님이 제일 사랑하는 것 또한 인간입니다.

하느님이 우주 만물을 창조하신 것도 인간을 위해서입니다. 하느님은 이 인간을 사랑하신 나머지 당신 모습을 따라 창조하셨고, 하느님이 원하시는 것은 이 인간이 당신과 같이, 당신이 누리시는 그 영원하고 무한한 생명을 누리시는 것입니다.

하느님은 인간에게 이렇게 말씀하셨습니다.

"산들이 밀려나고 언덕이 무너져도 나의 사랑은 결코 너를 떠나지 않는다."(이사 54, 10)

산들이 밀려나고, 언덕이 무너지면, 세상 종말과 같은 무서운 상황, 절망적 상황이 됩니다. 그런데 하느님은 비록 그런 상황이 와도 나는 너를 끝까지 사랑하고 구하시겠다는 약속의 말씀을 하신 것입니다.

이미 본 바대로 예수님의 전 생애가 이를 잘 증명합니다. 예수님은 참으로 모든 인간을, 그중에서도 가난하고 약하고 병들고 버림받은 인간을 사랑하시면서 "여기 있는 형제 중 가장 보잘것없는 사람 하나에게 해준 것이 곧 내게 해준 것이다"(마태 25, 40)하시며 당신 자신을 가장 버림받은 인간과 일치시키셨습니다. 그럼으로써 그리스도는 사실상 모든 인간과 당신을 일치시키십니다.

예수 그리스도는 모든 이에게 모든 것이 되시고, 모든 이와 당신을 일체화시킬 만큼 모든 인간을 당신 목숨 다하여 사랑하셨습니다. 오늘날 우리에게 필요한 것은 그리스도의 이 사랑을 깊이 이해하고, 우리도 본받는 것입니다.

주님은 "내가 너희를 사랑한 것처럼 너희도 서로 사랑하여라"(요한 15, 12)라고 말씀하셨습니다. 또 그리스도는 십자가상에서, 성체 성사 안에서 우리에게 이 말씀을 하십니다.

우리가 참으로 이 사랑을 산다면, 그리스도께서 우리를 사랑하신 것처럼 우리도 우리 이웃을 사랑한다면, 우리는 반드시 그리스도가 주님이오, 길이요, 진리요, 생명이심을 사람들에게 힘 있게 전할 수 있을 것입니다.

인도 캘커타의 마더 데레사가 온 세상 사람들에게 살아 있는 성녀와 같이 존경을 받는 가장 큰 이유는 그분이 그리스도의 마음으로 사람들을, 특히 가난하고 병들고 버림받은 사람들을 사랑하기 때문입니다.

그분에 관한 책에 이런 이야기가 있습니다.

힌두교의 한 신사가 데레사 수녀님과 그분의 '사랑의 선교회(Missionary Sisters of Charity)'가 운영하는 '임종의 집(Home for Dying)'을 찾아왔습니다. 그는 한참 동안 그곳을 둘러 본 다음 돌아가는 길에 복도에서 데레사 수녀님과 마주쳤습니다. 그는 수녀님에게 다음과 같이 말했습니다.

"데레사 수녀님, 이 집에 처음 들어왔을 때 저는 무신론자였습니다. 그러나 지금 저는 하느님을 믿는 사람이 되어 이 집을 떠나갑니다. 그 이유는 죽어가는 사람의 손을 잡고 임종을 돕고 있는 한 수녀님의 모습에서 하느님의 현존을 보았기 때문입니다.

이 말씀에서 우리는 어떻게 복음을 아시아인들에게 전할지, 아시아는 어떻게 그리스도의 사랑에 답을 할 수 있을지에 대한 물음에 답을 찾을 수 있다고 생각합니다.

빈손의 사도들

예수께서 당신 열두 제자를 복음 전파를 위하여 파견하신 이야기입니다. 당신이 복음 전파를 시작했을 때처럼 가서 "회개하라"는 말을 전하기 위해 보내신 것입니다. 당신이 이룩할 하느님 나라의 건설을 위해서입니다.

그것은 사람들 마음의 변화를 비롯하여 새 인간, 새 사회, 새 나라를 이룩하는 일이요, 세상을 바꾸겠다는 아주 큰일입니다.

그런데 예수님은 이 큰일을 위해 제자들을 보내시면서 악령을 제어하는 권세를 주셨을 뿐 다른 아무것도 주시지 않으셨습니다.

오히려 반대로 지팡이 외에는 아무것도 지니지 말라고 하시며 먹을 것이나 자루도 가지지 말고, 전대에 돈도 지니지 말며, 신은 신고 있는 것을 그대로 신고, 속옷은 두벌씩 껴입지 말라고 분부하셨습니다.

오늘날 우리는 무엇을 하려면 '돈'이 필요하다고 먼저 답할 것입니다.

그런데 예수님은 우리가 무엇을 하려면 꼭 필요하다고 생각하는 그 돈도 주시지 않으셨습니다. 아무튼 제자들은 분부대로 빈손으로 떠나갔고, 분부대로 하느님 나라의 복음을 전하고 왔습니다.

루가 복음에서 보면, 수난 전날 저녁, 예수님께서 제자들과 마지막 만찬을 하신 후 올리브 산으로 가시기 전에 이런 질문을 하셨습니다.

"내가 너희를 보낼 때 돈 주머니나, 식량 자루나,

신을 가지고 가지 말라고 했는데 부족한 것이라도 있
었느냐?"

이 물음에 제자들은 "아무것도 부족한 것이 없었습
니다"라고 답하였습니다. 제자들은 그 때 무일푼으로
떠났지만 아무것도 부족한 것이 없었습니다. 그 이유
는 주님께서 그들과 영적으로 함께하셨기 때문입니
다. 예수님이 악령을 제어하는 권한을 주셨다는 것은
당신의 내적 힘을 그들에게 주신 것이고, 그것은 곧
당신 자신이 영적으로 그들과 함께하신 것입니다.

제자들이 마귀를 많이 쫓아내고 수많은 병자들에
게 기름을 발라 병을 고쳐 주었는데, 그것은 제자들
자신들의 능력이 아니었습니다. 그것은 주님의 능력,
곧 예수님의 능력이었습니다. 결국 주님이 영적으로
그들과 함께하셨기 때문에, 그들에게는 부족한 것이
아무것도 없었습니다. 여기서 우리는 주님이 함께하

여 주시는 것이 하느님 나라에 있어서, 복음 전파에 있어서, 모든 일에 있어서 가장 본질이라는 것을 알 수 있습니다.

그렇습니다. 예수 그리스도가 교회와 우리 믿음의 삶의 본질입니다. 예수 그리스도가 없으면 교회는 바탕을 잃고 무의미해집니다. 우리의 신앙생활은 아무것도 아닙니다. 우리의 삶, 모든 것이 의미를 잃습니다. 참으로 주님과 함께한다는 것, 그것이 가장 소중합니다. 그런데 우리는 어떻게 주님과 함께 있을 수 있습니까? 그것은 주님 편에 서지 않으면 불가능한 일입니다.

"우리 주 예수 그리스도의 아버지 하느님께 찬양을 드립니다. 하느님께서는 그리스도를 통해서 하늘의 온갖 영적 축복을 위해서 우리에게 베풀어 주셨습니다.

우리를 그리스도와 함께 살게 하시려고 천지 창조 이전에 이미 우리를 뽑아 주시고, 당신의 사랑으로 우리를 거룩하고 흠이 없는 자가 되게 하셔서 당신 앞에 설 수 있게 하셨습니다."(에베소서 1, 3-4)

사도 바오로의 이 말씀을 보면 하느님께서는 우리가 그리스도와 함께 사는 사람이 될 수 있도록, 천지 창조 이전에 이미 우리를 아시고 뽑아 주셨습니다. 또 그리스도를 통하여 하늘의 온갖 영적 축복을 다 주셨습니다. 너무나 엄청난 일입니다. 우리에 대한 하느님의 사랑과 자비는 실로 한없이 깊습니다. 우리는 하느님의 은혜에 감사드리며 하느님을 찬양합니다.

넷

믿음의 의미

사랑을 실천하는 가정

오늘날 우리 사회는 정치적 · 경제적 불안과 혼란, 사회 전체가 범람하는 각종 죄악과 인신 매매, 마약, 인간 경시 풍조, 성 윤리의 타락을 보이고 있습니다. 우리 사회가 이렇게 된 원인은 무엇입니까?

이 모든 것은 근원적으로 정치도 경제도 교육도 인간을 소중히 하고 사랑하는 것을 잊고 물질 위주, 출세 위주로 인간을 몰고 가기 때문입니다. 다시 말해, 어디서든 인간을 진정 존엄한 생명으로 사랑하는 교육이 없고, 그 사랑을 사는 모습 보기도 아주 힘들기 때문입니다. 그래서 사회가 전체적으로 비인간화될 수밖에 없습니다. 사랑이 없기에 서로 믿지 않게 되고, 미워하고 서로 다투고 상처 입히고, 심지어 죽이기까지도 예사로 하고 있습니다.

진정 얼마나 많은 가정이 사랑의 결핍으로 파탄하고, 얼마나 많은 청소년들이 사랑을 받지 못해 비행으로 치닫으며 타락한 인간으로 죽어가고 있습니까? 그렇기에 오늘을 구하는 것은 우리 인간이 정녕 서로가 인간으로 존중하고 사랑할 줄 아는 것입니다. 그리고 그 사랑은 먼저 가정에서부터 시작되어야 합니다.

부부들이 먼저 서로를 하느님의 모습에 따라 창조된 존엄한 인간으로 인식하고, 또 그 하느님께서 부부가 서로 사랑함으로써 당신을 닮도록 맺어 주셨다는 것을 깨달으며 무엇보다도 하느님께서는 우리를 한없이 사랑하신다는 것을 앎으로써 참으로 서로를 사랑하는 것입니다.

여러분은 사랑 자체이신 하느님이 당신 모습에 따

라 여러분을 창조하셨다는 것을 믿습니까? 여러분을 짝지어 주신 분도 하느님이심을 믿습니까? 그렇다면 인간이 가장 하느님을 닮는 길, 하느님의 뜻을 따르는 길은 무엇입니까? 그것은 서로 사랑하는 것입니다.

사랑 자체이신 하느님께서는 먼저 우리를 사랑하셨습니다. 사랑에서 우리를 창조하셨고, 사랑에서 우리를 구원하셨습니다.

하느님께서 우리를 얼마나 사랑하시는지 아십니까?

예수님은 "내가 이 사람들 안에 있고 아버지께서 내 안에 계신 것은 이 사람들이 완전히 하나가 되게 하려는 것입니다. 이것은 아버지께서 나를 사랑하신 것처럼 이 사람들도 사랑하셨다는 것을 세상으로 하여금 알게 하려는 것입니다"라고 하셨습니다.

그리고 "나는 이 사람들에게 아버지를 알게 하였으며 앞으로도 그렇게 하겠습니다. 그것은 아버지께서 나를 사랑하신 그 사랑이 그들 안에 있고 나도 그들 안에 있게 하려는 것입니다"라고 하셨습니다.

이 말씀을 묵상해보면 하느님 아버지께서 당신 성자를 사랑하신 그 같은 사랑으로 우리를 사랑하시는 것을 알 수 있습니다. 사랑 자체이신 하느님이 우리를 사랑하실 때, 그 사랑은 완전하고, 퍼센트로 말한다면 100%입니다. 하느님은 우리를 사랑함에 있어 비록 단 1%라도 결손이 있는 사랑으로 사랑할 수 없습니다.

그리고 사랑은 하느님으로부터 시작됩니다. 요한 1서 4장 7절에서는 "사랑하는 여러분에게 당부합니다. 우리는 서로 사랑합시다. 사랑은 하느님께로부터 오는 것입니다"라고 하셨습니다.

하느님을 떠나서 우리는 사랑할 수 있습니까? 없습니다.

하느님을 떠나서 우리는 존재할 수 없습니다. 하느님 없이 우리는 아무 것도 아닙니다. 때문에 여러분은 주님께서 간절히 기도하고 계시듯 하느님 안에 사시고 하느님 사랑 속에서 서로 사랑하십시오. 그리하여 우리의 가정이 하느님 사랑의 샘터가 되길 바랍니다.

진실한 삶은 죽음마저도 이깁니다

오늘의 사회현실이 말해 주듯이 현대인은 이른바 경제의 고도성장에도 불구하고 행복하지 못합니다. 오히려 삶의 의미를 더욱 잃어 가고 있습니다. 특히 어느 곳보다도 물질적 발전에 반비례하여 정신적인 면에서 더욱 빈곤해지고 있는 우리 사회에 있어서 그러합니다.

여기서는 정의 대신 불의가, 진실 대신 허위가, 상호간의 믿음과 사랑 대신 불신과 미움이 득세하고 있습니다. 양심이나 도덕은 국민윤리 교과서에만 있는 것 같습니다. 그리하여 사람들은 진실한 인간, 진실한 삶이 아직도 있을 수 있는지 의문시할 만큼 모든 것에 회의를 품고 있습니다. 되는대로 살자는 것이 통념화되었습니다.

그러나 우리는 내적 공허에 몸부림치고 있습니다. 그럴수록 참고 보람 있는 삶과 빛을 갈망합니다. 거짓 없는 참사랑을, 굶주린 육체만이 아니라 텅 빈 마음, 영혼의 공허까지 가득 채워주는 생명의 양식을 갈구합니다. 악이 없는 세상, 불멸의 생명만이 빛나는 세상은 없는 것인가 하고 부단히 찾고 있습니다. 그것이 바로 부활하신 그리스도의 빛과 그 생명을 찾는 것이 아니면 무엇이겠습니까?

그리스도께서 수난 당하시던 그 밤도 별빛 하나 없는 칠흑같이 어두운 밤이었습니다. 특히 그 제자들의 눈에는 모든 것이 실패로 끝나고 죄악과 죽음, 절망뿐이었습니다. 사랑과 진리의 주께서는 미움, 음모와 거짓 앞에서 대역죄인처럼 다스려지고 마침내는 참혹하게 십자가에 돌아가셨습니다. 그 때도 오늘날처럼 정의는 죽고 불의는 살았었기 때문에 허위 대신 진리가 못 박혔던 것입니다.

그러나 역사는 그것으로 끝난 것이 아니었습니다. 그리스도는 부활하셨습니다. 부활하심으로써 죄악과 그 결과인 죽음을 이기셨습니다. 사랑과 진리와 생명이 결국에는 승리한다는 것을 보여 주셨습니다. 동시에 우리의 인생에 불멸의 의미와 보람을 주셨습니다. 우리가 비록 진리 때문에 박해를 받는 한이 있어도 그리고 가난과 병고에 시달리고 죽는 한이 있어도, 그리스도와 함께 죽으면 그리스도와 함께 산다는 것을 보증해 주셨습니다.

부활이 없다고 가정해 보십시오. 그러면 허무해 보이는 것이 우리 신앙뿐이겠습니까? 우리 인생 자체가 허무해질 것입니다. 부활이 없다면 인생에 남는 것이 무엇이겠습니까? 궁극에는 죽음뿐입니다. 모든 것을 허무로 삼키는 죽음, 그것은 세상만사의 결정적인 파멸입니다. 죽음은 우리의 생명뿐 아니라 그와 함께 우리가 아끼고 가꾸는 모든 것을 다 무로 돌리고 맙니다. 사도 바오로가 이미 지적했듯이 부활이 없다면 우리는 "내일이면 죽을테니 먹고 마시자 해도 그만일 것입니다"(1고린 15, 23)

우리는 이런 인생을 긍정할 수 있습니까? 염세증에 걸린 사람도 이처럼 허무한 인생을 긍정할 수는 없을 것입니다. 무엇인가 마음속 깊은 데서부터 저항을 느낄 것입니다. '인생은 이럴 수 없다'는 울고 싶도록 강력한 저항, 영원에의 향수를 느끼지 않을 수 없을 것입니다. 그렇다면 그것은 무엇을 뜻하겠습니까?

인간은 본성적으로 영원을 갈구하도록 만들어져 있습니다. 그 혼의 바닥엔 영원의 낙인이 찍혀 있습니다. 하느님께서 인간을 그렇게 당신 모습대로 창조하셨기 때문입니다. 당신을 떠나서는 살 수 없도록 만드셨습니다. 그러기에 성 아우구스띠노는 "주여, 주를 향해 우리를 만드셨기에 주안에 쉬기까지 우리 마음은 언제나 편안치 못합니다."라고 하셨습니다.

흔히 후세를 긍정함은 현세를 부정하기 때문이라고 말합니다. 그러나 실은 그 반대입니다. 현세가 부정되지 않기 위해서는 후세가 긍정되어야 합니다. 영원이 없으면 시간은 무의미합니다. 부활이 없으면 현세의 인생은 죽음으로 마치는 무의미 그 자체입니다.

불멸의 삶

생명의 역사 치고 부활의 역사가 아닌 것이 없습니다. 새싹은 땅에 묻혀 썩은 씨앗에서 움트며 화창한 봄은 얼어붙은 긴 겨울로부터 오고 새벽녘의 밝은 빛은 칠흑 같은 어둠으로부터 번져 나옵니다.

그리스도는 죄와 죽음의 어둠에 잠긴 인간 세계에 빛으로서 오셨습니다. 그러므로 그리스도는 부활 자체이십니다. "나는 부활이요 생명이니 나를 믿는 사람은 죽더라도 살겠고 또 살아서 믿는 사람은 영원히 죽지 않을 것이다"(요한 11, 25)라고 그리스도께서는 말씀하셨습니다.

우리가 그리스도를 믿는 것은 그리스도를 우리의 생활 안에 받아들이는 것입니다. 사도 바오로가 말씀하셨듯이 "이제는 내가 사는 것이 아니라 그리스도가 내 안에서 사시는 것입니다"(갈라 2, 20)처럼 말입니다.

그리스도가 내 안에 사심으로 해서 그를 보내신 하느님의 사랑과 성령 또한 내 안에 있습니다. 비록 육신은 현세에서 죽더라도 하느님의 사랑과 성령으로 그리스도와 일치된 본질적 생명은 불멸하여 부활할 것입니다.

"살아서 믿는 사람은 영원히 죽지 않을 것"이라고 하신 말씀은 무슨 뜻이겠습니까? 이 죽음이 없는 '영원'은 시간적인 무한이라기보다 불멸의 질을 지닌 생활을 뜻하는 것입니다. 바로 그리스도와 일치 결합된 생활입니다. 그것은 또한 그리스도를 따라 진리에 살고, 정의를 실천하고 사랑을 닦는 것입니다. 그리스도의 길만이 우리를 영원히 살게 할 것입니다.

　오늘날에도 이 세상에서는 불멸의 질이 아닌 유한의 양, 필연적으로 사멸하고야 말 것만을 지니고 생활하는 사람들이 너무나 많이 있습니다. 현세적으로 볼 때, 권력이나 금력은 가장 강한 힘이므로 그 위세가 영원히 지속될 것 같은 착각을 인간에게 줍니다. 그 착각에 홀려 버린 사람들은 권력이나 금력을 내놓지 않으려고 안간힘을 씁니다. 때로는 부정과 불의를 범하며, 수단과 방법을 가리지 않습니다. 독재자가 되고 부정 축재자가 됩니다. 그러나 권력자이든 재산가이든 인간은 필경 몇 십 년이라는 짧은 시간 동안을 살 수밖에 없는 유한한 존재입니다. 더욱이 죽을 때는 태어날 때와 마찬가지로 완전히 빈손으로 돌아가게 됩니다. 너무도 분명한 사실을 무시하고 현세적 아집에 사로잡힌 사람들은 죽음의 사람들입니다. 회개하지 않을 때, 이들에게는 부활이 없습니다.

때문에 우리는 불멸의 질을 지닌 참된 삶을 그리스도 안에서 찾아야 합니다. 그리스도와 함께 사는 그 시간만이 우리에게 영원한 가치의 삶이 됩니다.

그러나 그리스도를 떠날 때, 우리는 모든 것을 잃고 맙니다. 평생을 누린 부귀영화도 죽음과 허무로 끝나고 맙니다. 왜냐하면 그리스도를 떠날 때, 우리는 진리를 잃고, 길을 잃고, 생명을 잃게 되기 때문입니다.

믿음의 의미

믿음은 무엇입니까? 우리는 무엇을 믿습니까? 우리는 물론 하느님을 믿습니다. 하지만 우리가 믿는 하느님은 어떤 분입니까? 나는 어떤 하느님을 믿습니까? 내가 믿는 하느님은 어떤 분입니까?

나의 하느님은 정말로 생각해 볼 만한 문제입니다. 전능하신 하느님, 전지하신 하느님, 두려운 하느님입니까? 나는 참으로 살아계신 하느님을 믿습니까? 나를 극진한 사랑으로 사랑하시는 하느님을 믿습니까?

유명한 탕자의 이야기입니다. 이 이야기에 등장하는 아버지는 받은 재산을 유흥에 탕진하고 배가 고파

거지가 되어 돌아온 탕자를 한마디 꾸중도 하지 않으시고 오히려 죽었던 아들이 살아왔다는 그 자체만으로 기뻐하실 뿐 아니라 그를 껴안고 볼을 비비며 기쁨을 감추지 못합니다. 그리고 종들을 시켜 아들의 누더기 옷을 벗겨 새 옷으로 갈아 입히고 살찐 송아지를 잡아 큰 잔치를 베푼 아버지, 이 아버지가 바로 예수님이 우리에게 알리고자 하시는 하느님 아버지이십니다.

그것은 예수님이 믿는 하느님이시고, 예수님이 우리에게 꼭 알리고, 꼭 전하고 싶은 아버지이십니다. 신을 신겨 주었다는 것은 자유인으로 다시 회생시켰다는 뜻입니다. 가락지, 집안의 문장은 그 집의 아들로 다시 맞아들였다는 것입니다.

참으로 예수님이 말씀하시는 하느님 아버지는 이렇듯이 자비로우시고 우리 죄 많은 인간들을 자비로서 용서하시며 언제나 우리를 받아 주시는 사랑 자체이신 분이십니다. 이 하느님은, 그 당시 예수님을 기회가 있을 때마다 비판한 바리사이파나 율법 학자들이 지녔던 하느님 상과는 너무나 다릅니다. 그들은 예수님이 죄인들을 환영하고 그들과 함께 음식을 나눈다고 비난했습니다.

그들 생각에는 그것은 하느님을 믿는 사람이 해서는 절대로 안 되는 일, 더구나 예수님처럼 백성을 가르치는 랍비로 자처하는 사람이 해서는 안 될 일이라고 생각하였습니다.

그들이 믿는 하느님은 전능하고, 거룩하고, 시엄하고, 죄인을 엄히 다스리고 벌하는 하느님이었습니다. 성서에 보면 하느님에게는 이런 면도 있습니다. 그러나 그것은 하느님 모습의 전부가 아닙니다.

하느님은 참으로 예수님이 믿으신 대로 자비 지극하신 분이십니다. 예수 자신, 바로 이 하느님이 사람이 되어 오신 분입니다. 때문에 예수님이 말씀하시고 스스로의 생활로 보이시는 하느님이 참 하느님의 모습입니다.

이제 여러분이 믿는 하느님은 어떤 분입니까?

사랑의 승리

인간이 아무리 큰 업적을 낸다 해도 결국은 죽어서 썩고 마는데, 거기에 무슨 의미가 있습니까? 진리 탐구, 정의 구현, 사랑의 실천 등등 이 모든 것이 무슨 의미가 있습니까? 어떤 이가 말했듯이 불멸의 생명이 없다면 자유를 위한 투쟁도 무의미합니다. 인생에 의미가 있고 진리와 정의, 사랑과 자유가 뜻있기 위해서 영생은 있어야 하며, 영생이 있기 위해서는 부활은 필연코 있어야 합니다. 그리스도의 부활, 하느님 성자의 수난과 부활은 이 같은 인간의 근원적 요청에 대한 충족입니다. 그러나 이것은 물론 인간의

171

요청에 대한 필연적인 결과가 아니라 오직 사랑 자체이신 하느님이 그 사랑으로 베푸시는 자비로운 은혜입니다.

사실 하느님이 인간을 창조하면서 목적하신 것은 인간이 이 세상에서 죄와 고통 속에 살다가 어느 날 죽어 썩고 마는 것이 아닙니다. 죄와 죽음에서 구원되어 당신과 함께 영원한 생명 속에 영원한 복락을 누리며 사는 것, 그것이 하느님께서 지니신 뜻입니다.

바로 이 때문에 하느님은 인간을 창조하셨고 인간이 죄를 지었을 때도 인간을 버리지 않았습니다. 오히려 용서하고 구원하시기 위해 당신의 외아들을 보내셨습니다. 그리하여 성자 그리스도는 사람이 되어 오셨고, 우리 모두의 죄를 대신 지시고 십자가에 죽으셨으며, 부활하심으로써 우리의 부활 생명이 되셨습니다.

여기서 우리는 우리에 대한 하느님의 한없는 사랑

을 느낄 수 있습니다. 그리스도의 부활은 결국 우리를 죽을 때까지 사랑하신 그 하느님의 사랑, 죽음보다 더 강한 그 사랑(아가 8,6)의 승리를 말합니다.

우리 각자와 인류의 죄가 아무리 크고 우리를 멸망으로 이끄는 죽음의 힘이 아무리 크다 해도 종말에 승리하는 것은 이 모든 것을 굴복시키고 마는 하느님의 사랑임을 그리스도의 부활은 잘 증명합니다. 하느님의 사랑은 당신을 부정하고 당신을 배척하며 못 박은 그 모든 인간의 죄를 다 용서하시고 그 모든 이를 다 구원합니다.

참으로 얼마나 크고 놀라운 하느님의 사랑입니까? 예수님의 부활은 이 사랑의 승리를 증명하는 것입니다. 그러기에 그 사랑의 승리인 부활은 우리의 희망이요, 기쁨이며, 죽음의 어둠에 갇힌 우리를 밝히는 빛입니다.

이처럼 하느님의 사랑을 묵상할 때, 우리는 자연히

이 사랑에 대하여 우리가 어떻게 응답하면 좋을지 생각하지 않을 수 없습니다. 그것은 곧 성서에서 가르치고 있는 대로 하느님을 '마음을 다하고 목숨을 다하고 생각을 다하고 힘을 다하여' 사랑하고 '이웃을 내 몸같이' 사랑하는 것입니다.(마르 12,30-31)

우리는 가없는 사랑으로 우리를 사랑하시는 하느님께 마음을 다하여 사랑해야겠습니다. 그분을 진정 우리 아버지로 모든 것 위에 모든 것에 앞서 섬길 줄 알아야겠습니다.

빛을 찾는 사람들

우리는 모두 삶에 지쳐있습니다. 그래서 모든 것에 대해 회의에 빠져 있습니다. 우리 사회가 진실로 밝고 명랑한 사회가 될 수 있는지 의심합니다. 나라에서 무슨 말을 해도, 교회에서 무슨 이야기를 해도 여러분은 그것을 곧이곧대로 받아들일 수 없을 것입니다. 그만큼 나라도 교회도 신임을 잃고 있습니다. 그러나 바로 이 회의와 절망적인 상황 속에서도 보다 나은 앞날을 기대하면서 돌파구를 찾기 위해 노력하는 것이 인간입니다. 그래서 우리에게는 아쉬운 것이 많은 것도 사실입니다.

인정이 아쉽고 이해와 진실이 아쉽습니다. 나를 받아 줄 따뜻한 마음, 나를 일으켜 줄 힘찬 팔, 나의 모든 상처를 어루만져 줄 부드러운 손길은 없는지 모두가 이 같은 동경에 젖어 있습니다.

그리고 그런 그리움을 지닌 채 무엇인가를 찾고 있습니다. 삶의 보람을 느끼지 못하면서도 절망 직전에서 있으면서도 참으로 인생의 의미는 없는지, 빛은 없는지 계속 찾고 있습니다.

오늘의 세계를 날로 더욱 심각한 불행으로 이끌어 가는 것은 강대국들이 독점 지배하는 경제와 권력 정치 체제입니다. 이 근본적인 변화 없이는 세계 속의 불의, 특히 그 때문에 시련과 타격을 받고 있는 약소국들의 문제는 해결될 수 없습니다.

한 나라 안에서도 마찬가지입니다. 우리는 누구나 우리의 고질적 부패와 사회 불안의 연원이 현재의 부조리한 권력과 금력의 정치 체제에 있다는 것을 알고 있습니다. 여기에 진실로 과감한 혁신이 없으면 부정부패 일소는 도저히 기대할 수 없습니다. 대중과 영세민들의 생활 향상은 기대할 수 없습니다.

　우리는 결국 인간 회복과 새 나라의 역사 창조를 단념하지 않을 수 없게 될 것입니다. 사실 생각하는 사람은, 아직도 인간과 그 양심을 믿고 살고 싶은 사람은 누구나 지금 심각한 고민에 빠져있습니다. 정부나 교회나 사회 지도층은 국민의 소리를 들을 줄 알아야 합니다. 그들 양심의 외침을 질식시켜서는 안 됩니다. 만일 현재의 사회 부조리를 극복하지 못하면 우리나라는 독재 아니면 폭력 혁명이라는 양자택일의 기막힌 운명에 직면할지 모릅니다. 하지만 우리 겨레는 그 어느 것도 원치 않습니다. 특히 공산주의자들의 그런 움직임에 대해서는 불의에 대해서와 같이 강력히 저항합니다. 왜냐하면 그 어느 것도 대단히 위험한 일일 뿐 아니라 스스로 무덤을 파는 일이나 다름없기 때문입니다.

　오늘 우리에게 필요한 것은 모든 국민을 하나로 묶을 수 있는 숭고한 정신, 하느님을 두려워하는 의로운 정신과 행동입니다. 모든 이의 마음속에서 식어가는 애국 애족심을 다시 불태울 수 있는 참신한 정치, 인간 존엄성과 사회 정의에 입각한 시정이 필요합니다. 여기서 모든 이의 소망을 볼 수 있습니다. 국가 안에서는 모든 이가, 국제적으로는 모든 국가가 평등하고 서로 권익을 돌보며 일체감을 갖는 사회를 이루는 것입니다.

　그러나 그 일의 성취를 강생하신 그리스도의 생활과 신비를 제외하고 어디서 발견할 수 있겠습니까? 그분이 베푸신 사랑, 그분이 지키신 정의, 그분이 요구하신 신뢰, 한마디로 오늘 우리에게 필요한 것은 정의와 사랑입니다. 정의와 사랑이 없는 곳에 평화와 기쁨이 있을 수 없습니다. 평화가 없는 곳에 사회의 안정과 질서는 없습니다.

그렇다면 우리는 무엇을 해야 합니까? 특히 국민이면서 동시에 크리스천인 우리들은, 교회는 무엇을 해야겠습니까? 우리는 스스로가 먼저 참된 강생의 신비를 깊이 깨닫고 그의 사랑과 정의 안에 단결해야겠습니다.

우리들이 사회와 정부를 향해서는 정의를 부르짖으면서 우리 안에 정의의 실천이 없다면 우리는 위선자가 되는 것이고 강생하신 그리스도를 배반하는 것입니다. 그런데 오늘의 한국 교회, 특히 나를 포함한 교회의 지도층, 성직자, 수도자들은 이 정신을 가졌습니까? 이 사랑을 가졌습니까? 우리는 어느 때보다도 이 역사의 심야를 밝혀야 할 중대한 사명을 지고 있는 것입니다. 이와 같은 반성이 있고 그 반성을 토대로 교회 자체의 혁신이 있을 때, 그리고 정의와 사랑의 행동이 있을 때, 우리 교회는 참으로 한국 사회 안에 그리스도를 강생케 할 것입니다. 이 사회와 나라를 구할 수 있을 것입니다.

그때야 비로소 우리는 하느님과 인간, 인간과 인간을 일치시키는 성사, 즉 일치의 도구와 표지로서의 교회가 될 수 있을 것입니다.(「교회 헌장」1항)

사랑과 정의의 구현

하느님에 대한 사랑과 이웃에 대한 사랑을 서로 분리할 수 없는 것처럼 사랑과 정의의 실천은 근본적으로 같은 것입니다. 남을 사랑한다면서 남에게 불의를 행할 수는 없습니다. 정의를 거스르는 것은 바로 사랑을 거스르는 것입니다. 사랑에서 정의를 빼면 그것은 이미 사랑이 아닙니다. 때문에 이웃에 대한 정의의 실천은 바로 사랑의 실천입니다. 정의로운 사회건설을 위한 노력은 곧 사랑이 가득 찬 사회 건설을 위한 노력입니다.

이웃을 진정으로 사랑한다면 이웃을 진정한 인간

으로, 인격 주체로 존중해야 합니다. 인간 품위에 맞는 대우를 물질적으로나 정신적으로 다해야 합니다. 무엇보나도 하느님께서 주신 인간 존엄성과 그 존엄성에 내포된 기본 권리를 존중해야 합니다. 어느 개인이나 단체나 정치권력도 그것을 무시하고서 참으로 이웃을 사랑한다거나 국민을 사랑한다고 말할 수 없습니다. 더욱이 인간을 자신의 이익을 위해서 유린하거나 또는 정치나 경제의 도구로 삼는다면 그것은 단지 인간에 대한 모독일 뿐만 아니라 창조주이신 하느님에 대한 모독인 것입니다. 그런 곳에는 참된 평화와 안정이 있을 수 없습니다. 발전과 번영이 있을 수 없습니다. 왜냐하면 그런 짓이 자행되는 사회는 바로 암흑사회이기 때문입니다.

사랑에는 이렇듯 정의가 반드시 수반되어야 합니다. 이는 바로 크리스천의 길이요, 이 시대의 교회의 사명입니다. 온 교회와 그리고 모든 크리스천이 그렇게 사랑을 실천하고 정의를 구현해 갈 때, 우리는 비로소 세상의 어둠 속에 강생하신 그리스도의 빛을 밝힐 수 있습니다.

　교회는 오늘날 그리스도를 바로 이 시간, 이 사회 속에 드러내야 합니다. 육화시켜야 합니다. 구원의 힘과 빛으로, 생명으로 나타내야 합니다. 동시에 교회 자체가 그리스도의 몸인 만큼 그리스도의 구원의 힘과 빛이 되어야 합니다. 그 생명이 되어야 합니다. 그렇게 되기 위해서 교회는 '완전한 정의의 나라, 더할 나위 없이 값진 자유, 꺾일 줄 모르는 사랑, 보편적인 화해, 영원한 평화의 나라'가 되어야 합니다.

말구유의 가난함과 십자가

하늘의 영광과 땅의 평화가 메시아이신 그리스도
의 탄생이 지닌 깊은 의미입니다.

땅의 평화, 그것은 오늘날 인류 세계가 가장 갈망
하는 것입니다. 그러나 오늘의 세계는 평화와는 반대
의 길을 가고 있습니다.

도처에서 커져 가는 전쟁의 위험, 금력과 권력의 횡
포, 억압과 폭력, 분쟁과 분열이 평화의 꿈을 깨고 세
상을 어둡게 만들고 있습니다. 거짓과 불의가 오히려
진실과 정의의 탈을 쓰고 세상을 주름잡고 있습니다.

하늘아, 높은 곳에서 정의를 이슬처럼 내려라.

구름아, 승리를 비처럼 뿌려라.

구원이 피어나게, 정의도 함께 싹트게

땅아 열려라.

(이사 45, 8)

이렇게 그 옛날의 이사야처럼 우리의 가슴도 외치고 싶습니다.

그러나 우리 모두 마음의 문을 열어 하늘의 정의를 받아들이고 우리의 마음속 깊이에서 그 정의가 싹트게 하지 않는 한, 평화는 이룩될 수 없습니다. 다시 말해, 정의와 평화의 주이신 메시아가 바로 우리들 마음속에 탄생하시고 우리 안에 그 정신이 살아나야 합니다.

정의와 아울러 평화의 절대적인 조건은 사랑입니다. 돈도 권력도 아닙니다. 인간에 대한 깊은 사랑이 우리가 추구하는 가치가 될 때, 우리는 진정한 평화를 바랄 수 있습니다.

"인간은 하느님의 길이다"라고 교황 요한 바오로 2세 성하는 말씀하셨습니다. 아마 인간 존엄성과 인간에 대한 하느님의 사랑을 이보다 더 명확히 표현한 말은 없을 것입니다. 마치 인간을 떠나서는 하느님도 하느님으로 살 수 없다는 말과 같이 들립니다.

하느님은 그 정도로 지극히 인간을 사랑하십니다. 하느님의 최대의 관심사는 바로 인간입니다. 하느님 앞에서 쓸모없는 인간은 하나도 없습니다. 어떤 죄인도 성인 성녀와 똑같이 당신의 사랑하는 자녀요, 사람들의 눈에 절망적으로 보이는 존재까지도 하느님께서는 오히려 더 사랑하시고 아끼십니다.

인간을 위해서 하느님은 아무것도 아끼시지 않습니다. 당신 전부를 내놓으십니다. 그리하여 스스로 인간이 되어 오시기까지 했습니다. 이것이 곧 성탄의 사건입니다. 그리고 그분은 인간 중에서도 가장 가난하고 보잘것없는 자와 같이 되시고, 버림 받은 자와 같이 되셨습니다. 인간은 참으로 하느님의 길입니다. 하느님은 이 길을 따라 사람이 되어 우리 가운데 탄생하셨습니다.

　구세주 그리스도께서 오신 목적은 하느님의 사랑을 우리에게 몸소 알리고 그 사랑으로 우리 모두를 살리시기 위해서입니다.

　그리스도께서 십자가를 지고 죽으신 것도 바로 이 때문입니다. 인간의 죄, 인간의 미움과 분열은 그를 찢어지게 아프게 하고 십자가에 죽게 했습니다. 그러나 그리스도 자신은 하느님과 인간 그리고 인간 상호 간을 갈라놓는 그 모든 죄와 증오와 분열을 없애기 위해 당신을 십자가에 희생 제물로 바치셨습니다. 결국, 모든 이가 하나 되기 위해서 그분은 오셨고, 모든 이가 하나 되기 위해서 그분은 죽으시고 부활하셨습

187

니다.

인간이 하느님의 길인 것과 같이 하느님은 인간이
길입니다. 그리스도를 통해서 나타난 하느님의 사랑
이 바로 우리가 가야 할 길입니다. 아니, 그 사랑의 나
타남 자체인 그리스도가 바로 우리의 길이십니다. 때
문에 그는 우리가 살아야 할 진리요, 생명이십니다.

우리는 이 그리스도를 살아야 합니다. 그리스도를
산다는 말은 바로 그의 사랑을 산다는 뜻입니다. 그
는 "내가 너희를 사랑한 것처럼 너희도 서로 사랑하
여라"(요한 13, 34)하고 누누이 말씀하셨습니다. 그의
생애가 바로 이 사랑을 증명하고 이 사랑을 가르치고
있습니다. 우리가 성탄의 의미를 참으로 깊이 깨닫기
를 원한다면 바로 그 사랑의 의미를 깊이 깨달아야
합니다.

현대의 가장 중대하고 심각하며 본질적인 문제는
바로 '인간 상실'입니다. 그것은 바로 '사랑의 상실'

때문입니다. 사랑할 줄 모르기 때문에 우리는 날로 비인간화될 수밖에 없습니다.

사랑의 능력을 잃어버린 것이 현대인의 가장 큰 비극입니다. 그것이 미움을 증가시키고 분열을 초래하며 전쟁을 일으키고 평화를 파괴합니다. 정치와 경제도 사랑을 바탕으로 하지 않는 한, 결코 건설적일 수 없습니다.

결국, 인간다운 사회와 세계의 건설 및 평화는 인간에 대한 사랑에서 출발합니다. 그 때 비로소 인간 회복이 있기 때문입니다. 때문에 우리는 참으로 그리스도와 같이 사랑할 줄 알아야 합니다. 그리스도와 같이 모든 인간 하나하나를 소중히 여기고, 그리스도와 같이 가난하고 약한 자일수록 더욱 아끼고 감쌀줄 알며, 그리스도와 같이 원수까지도 용서할 줄 알 때, 우리는 진정 인간다운 인간이 될 수 있습니다.

그리스도는 상한 갈대도 꺾지 않고 꺼져가는 심지

도 *끄*지 않는 분이십니다.(마태 12, 20) 우리의 마음이 그만큼 자비심에 가득 차야 합니다. 한마디로 우리는 우리의 길이 되신 하느님 곧 그리스도를, 그분의 사랑과 자비심을 살아야 진정한 인간이 될 수 있습니다.

사랑은 자기 비움을 요구합니다. 자아의 죽음을 요구합니다. 결국 말구유의 가난과 십자가를 요구합니다. 그것이 곧 복음적 가난입니다. 그런 비움과 그런 가난이 우리를 오히려 풍요하게 만듭니다.

다섯

사랑의 손길

가난한 자의 벗

구세주 그리스도께서 취하신 가난은 오로지 가난한 이들에 대한 당신의 절대적인 사랑 때문이었습니다. 그들을 사랑하시기에 모든 부귀를 버리고 일생을 가난 속에서 보내셨습니다.

그는 태어나실 때도 베들레헴이라는 한 촌에서 집도 아닌 외양간에서 태어나셨고, 평생을 두고 머리 둘 곳조차 없는 적빈이었습니다. 참으로 세상 제물이라곤 가진 것이 아무것도 없었습니다. 뿐더러 정신적으로도 아버지이신 하느님의 뜻에 당신을 전적으로 위탁하고 십자가라는 극도의 헐벗음과 비참에 순종하는 것 외에 아무것도 소유한 것이 없었습니다. 그가 십자가에 못 박혀 죽을 때는 인간 중에도 말자(末者), 가장 비천한 자가 되었습니다.

그러나 바로 그런 가난 속에서 그분은 명실공히 모든 인간 말자들과 일치되셨습니다. 경제적, 사회적, 정신적 그리고 종교적으로까지 버림받은 모든 사람과 일치되셨습니다. 이 일치는 진정 사랑에서 우러나온 것이었습니다. 그리스도는 가난한 이들이 자신의 비참한 삶에서도 인간으로서의 보람과 긍지를 되찾도록 그들의 마음을 사랑으로 따뜻하게 하시기 위해 스스로도 가난해지신 것입니다.

세상은 이런 가난한 사람들이 구원될 때 참으로 구원될 수 있습니다. 그런 사람들이 빵만이 아니라 인간으로서 회복될 때, 인간으로서 인정받고 존중되고 사랑받을 때, 인간으로서의 긍지와 자유를 다시 찾을 때, 세상은 정말 밝고 따뜻해질 수 있습니다.

사실 그들이 필요로 하는 것은 빵만이 아닙니다. 우리가 적선으로 던지는 돈만이 아닙니다. 의식주의 안정도 필요하지만 그들이 더 필요로 하는 것은 인간으로서의 인정이며 그들의 인간 존엄성을 비춰주고 드높여 주는 진리입니다.

그들을 구하는 메시아는 다른 이가 아니라 바로 그들과 일치되면서 그들과 온갖 시련과 삶을 함께 나누면서 그러한 사랑을 주고 그러한 정의와 진리로서 그들의 짓밟힌 인격과 인권을 회복시키고 사람다운 삶과 가치를 소생시켜 주는 사람입니다.

이 얼마나 아름답고 거룩한 모습입니까? 모든 인간이 울고 싶도록 간절히 바라는 것이 바로 이 사랑이 아닙니까? 이 해방이 아닙니까? 온 인류가 마음속 깊이 갈구하며, 모든 피조물이 신음하며 동경하는 것이 이것이 아닙니까? 모든 인간이 민족과 인종과 계급의 차별 없이 누구도 버림받거나 소외되거나 짓밟

히지 않으며 평등한 인격자로서 서로 사랑하는 형제자매들이 되는 것이 온 인류의 꿈이요, 미래의 이상입니다. 그것이 바로 그리스도가 선포한 하느님의 나라입니다.

때문에 그 같은 사랑과 정의와 진리를 이 땅 위에 가져오시는 메시아이신 그리스도가 탄생하셨을 때, 목동들에게 나타난 천사들은 "하늘 높은 곳에는 하느님께 영광, 땅에서는 그가 사랑하시는 사람들에게 평화!"(루가 2, 14)라고 소리 높여 하느님을 찬양했습니다.

이렇게 볼 때, 가난한 사람들만을 위한 것같이 보이는 그리스도와 그의 복음은 온 인류의 불의와 부정의 차별 없이 자유와 평등과 우애로써 해방시키는 참된 사랑의 보편주의라고 말하지 않을 수 없습니다.

서약은 사랑을 살겠다는 약속입니다

서약의 의미는 사랑을 살겠다는 약속입니다.

즉, 주님이 우리를 사랑하신 그 사랑을 본받아 주
님을 사랑하며, 이웃을 사랑하겠다는 약속입니다. 이
를 위해 나의 삶, 나의 존재 모든 것을 바치겠다는 것
을 하느님과 공동체 앞에서 약속하는 것입니다.

예수님과 바리사이파 사람들 사이에 있었던 안식
일에 대한 논쟁 이야기입니다. 논쟁의 초점은 안식일
은 무엇이며 어떻게 하는 것이 안식일을 가장 잘 지
키는 것이냐 입니다.

예수님은 당신이 안식일에 좋은 일을 하시려고 하

는데 이를 지켜보고 있던 바리사이파들은 예수님이 그 삶을 고쳐 주기만 하면 고발하려고 하였습니다. 그들의 마음을 꿰뚫어 보신 예수님은 그들에게 "안식일에 착한 일을 하는 것이 옳으냐? 악한 일을 하는 것이 옳으냐? 사람을 살리는 것이 옳으냐? 죽이는 것이 옳으냐? 하고 물으셨습니다. 그들은 이 질문에 말문이 막혔습니다. 예수님께서는 그들의 마음이 완고한 것을 탄식하시며 노기를 띤 얼굴로 그들을 둘러보시고 나서 손이 오그라든 사람을 향해 "손을 펴라"라고 말씀하셨습니다.

예수님은 또 "안식일은 사람을 위해 있지, 사람이 안식일을 위해 있지 않다"고 하셨습니다. 즉 안식일은 사람에게 해방과 자유를 주는 날입니다. 사랑과 기쁨의 날이라는 뜻입니다. 그러기에 이 안식일은 이웃을 사랑할 때 잘 지키는 것임을 분명하게 말씀하셨습니다.

감사하는 삶

촛불을 보고 감사할 줄 아는 사람에게
하느님은 별빛을 주시며,

별빛을 보고 감사할 줄 아는 사람에게
하느님은 달빛을 주시며,

달빛을 보고 감사할 줄 아는 사람에게
하느님은 햇빛을 주신다.

또한 햇빛을 보고 감사할 줄 아는 사람에게
하느님은 천국의 빛을 주신다.

                    – 송봉모_'생명을 돌보는 인간' 중에서

우리 삶에는 자리마다 순간마다 감사거리가 있습니다. 그것은 하느님의 사랑이 언제나 우리와 함께하시기 때문입니다. 가장 좋은 비단은 가장 가는 실로 짜여지는 것처럼, 일상의 작은 일에 감사할 줄 아는 사람은, 일상의 미소한 사건 안에서도 하느님의 사랑을 볼 줄 압니다.

한편 감사할 줄 모르는 사람은, 언제나 인생의 어두운 면, 부정적인 면만을 보게 됩니다. 감사는 더 감사할 여건을 만들어 주지만, 불평은 불평거리만 만들어 줄 뿐입니다.

사도 바오로의 말씀에 귀 기울여 봅시다.

"항상 기뻐하십시오. 늘 기도하십시오. 어떤 처지에서든지 감사하십시오. 이것이 그리스도 예수를 통해서 여러분께서 보여주신 하느님의 뜻입니다."(데살 5, 16-18)

인간의 구원자

하느님은 그리스도 안에서 모든 사람에게 현존하십니다. 그분은 당신께서 제공하는 사랑에 사람들이 마음을 열기를 겸허하게 기다리십니다. 또한 그리스도께서는 겸손의 모델이시기도 합니다.

그분은 우리를 위해서 당신 자신을 비우셨고 종의 모습을 취하셨으며 우리와 똑같은 사람이 되셨습니다.(필립 2장) 그리스도께서는 이 세상의 죄를 짊어지셨으며 당신의 죽음을 통하여 죽음을 정복하셨으며, 우리 모두를 되살리기 위하여 부활하셨습니다.

살아계신 그리스도는 모든 사람들에게 심지어 가

장 가난한 사람들과 가장 죄 많은 사람들에게까지 항구한 동반자이십니다. 몇 해 전에 교황 요한 바오로 2세는 자신의 회칙 「인간의 구원자(Redemptoris Hominis)」에서 다음과 같이 말씀하셨습니다.

"인간은 아무런 예외 없이 누구나 그리스도에 의해 구속되었다. 왜냐하면 그리스도께서 모든 인간을, 아무런 예외 없이, 심지어 본인이 의식하지 못할지라도, 당신과 일치시켰기 때문이다. 우리 모두를 위하여 죽으시고 부활하신 그리스도께서 당신의 영을 통하여 인간에게 지극히 높으신 운명에 응답하도록 빛과 힘을 제공하실 수 있다."

하느님께서는 세상을 그토록 사랑하셔서 우리의 삶과 고통과 죽음을 함께 나누셨습니다. 그리하여 하느님께서는 인간의 참 의미가 되셨습니다. 그리스도께서는 고통받는 모든 사람들의 친구요 형제가 되셨습니다. "그분은 몸소 우리의 허약함을 맡아 주시고

우리의 병고를 짊어지셨다"(마태 8, 17 ; 이사 53, 4)

그리하여 그리스도께서는 하느님 연민의 기적을 우리에게 드러내 보이십니다. '연민'이라는 단어는 라틴어에서 유래하는데, 그것의 의미는 '고통 받고 있는 사람의 슬픔과 고통을 함께 나눈다'는 뜻을 가지고 있습니다. 그러면서 그리스도께서는 하느님께서 고통 받는 사람들을 사랑하시기 때문에 고통 받는 그들과 함께 고통을 당하신다는 것을 우리가 이해하도록 하십니다.

저는 독일의 개신교 신학자인 위르겐 몰트만이 그리스도의 이 현존에 관하여 쓴 것을 여러분에게 읽어드리고 싶습니다.

열정적인 사랑으로 우리를 사랑하시는 그리스도, 박해를 받으시고 고독하신 그리스도, 하느님의 침묵 가운데 고통을 받으신 그리스도, 우리를 위하여 죽으

실 때 철저히 버림받으신 그리스도는 우리의 형제이
자 친구이며, 그분께 모든 것을 맡길 수 있는 분이시
다. 왜냐하면 예수님은 만사를 알고 계시고 우리에게
일어날 수 있는 고통을 스스로 겪으셨기 때문이다.

그렇습니다. 우리는 우리 자신의 한계와 나약함을
생각하면서 그것에 압도될 때, 모든 것을 그분께 내
맡길 수 있습니다. 우리는 "하느님의 권능은 약함 안
에서 완전히 드러나게 된다"(고린 12,9)는 것을 잘 알
고 있습니다. 구원은 우리에게서 나오지 않고, 그리
스도의 십자가에서 옵니다.

연민은 또한 "제가 무엇을 도와 드릴 수 있을까
요?"하고 묻는 것을 뜻합니다. 마더 데레사는 연민이
임종하는 자에게 커다란 영향을 미친다는 것을 우리
에게 가르쳐 주었습니다.

누군가가 사랑의 마음으로 죽어가는 이의 손을 잡

아 주기만 하더라도 그러한 행위는 죽어가는 사람에게 대단히 특별한 것이라는 것을 가르쳤습니다. 비록 우리가 할 수 있는 것이 거의 아무것도 없다고 하더라도, 언제나 우리가 할 수 있는 것이 있습니다. 그것은 우리 주위의 사람들에게 사랑하는 하느님의 현존을 생생하게 전해 주는 것입니다.

그리스도께서는 우리에게서 멀리 계시지 않습니다. 그분은 우리와 매우 가까이 계십니다. 그분은 심지어 그분의 이름과 행적을 알지 못하는 이들로부터도 떠나계시지 않습니다.

그러나 사랑하시는 그리스도의 현존은 개개인이 그 현존을 깨닫고 응답함으로써 살아있는 것으로 됩니다. 그리스도께서는 당신이 널리 알려지기를 원하십니다. 바로 그렇기 때문에 교회, 즉 우리 모두는 그리스도를 아직 믿지 않는 모든 이들에게 그분에 관해 말해 주어야 하는 것입니다.

그렇게 하여 모든 백성이 이 세상으로부터의 구속에 관한 복음을 받아들여 길이요 진리요 생명이신 그리스도 안에서 살아가는 행복을 느낄 수 있도록 해야 하는 것입니다. 교회가 모든 사람으로 하여금 한 분이신 성부의 자녀들로서 모두가 형제자매들이 되어 한 신앙, 한 희망 그리고 한 사랑 속에 일치하여 살아가게 할 수만 있다면 얼마나 좋겠습니까!

그렇게 하여 평화 속에서 사랑으로 더욱 인간적이고 더욱 아름다워진 공동체들이 출현하고, 마침내 모두가 그리스도와 하나가 되고 그리스도를 닮으며 '그분의 몸'안에서 일치하게 된다면 얼마나 좋겠습니까!

Cariatas Christi urget nos! 그리스도의 사랑이 우리를 강요합니다!(고린 5, 14)

사랑의 손길

　인간은 누구나 한 생을 살면서 삶의 의미를 찾고 있습니다.

　사람은 어디서 오고 어디로 가는지? 인생의 의미는 무엇인지를 묻게 됩니다. 하지만 이 세상의 무엇이 우리에게 이런 물음에 답을 줄 수 있습니까?

　돈이나 권력, 첨단 과학 지식이나 기술, 세상을 지배하는 자본주의나 공산주의 같은 이념 등, 그 어느 것으로부터도 우리에게 인생의 의미를 밝혀주는 빛을 기대할 수 없습니다.

　그런 것은 다 나름대로 의미 있는 것이고, 또 잘 활

용하면 인간 발전에 도움을 줄 수는 있지만 우리 인생 전부를 근본적으로 밝혀 주고 의미로 채워 주지는 못합니다. 더구나 그런 것은 참된 행복도, 생명도 될 수 없습니다. 우리를 구원하여 생명과 행복으로 가득히 채워 줄 수 있는 이는 오직 하느님뿐입니다.

그런데 이 하느님이 우리를 구원하기 위하여, 우리와 같은 사람이 되어 이 세상에 오셨습니다. 우리는 여기서 우리에 대한 하느님의 사랑이 얼마나 크고 극진한가를 느끼지 않을 수 없습니다.

가치관 부재, 황금만능주의로 타락한 우리 사회, 정신적으로 죽어가고 있는 우리 사회를 소생시키고 맑게 하는 진리로 충만하고, 그리스도의 빛이 가득하기 위해서는 어떻게 해야 합니까?

우리는 서로 사랑해야 합니다. 그리스도는 죄 많은 우리를 위해 사람이 되어 오셨을 뿐 아니라 우리 모두를 죄와 죽음에서 구원하기 위하여 십자가에 당신 자신을 속죄의 제물로 바쳐 죽기까지 하셨습니다. 주님은 참으로 나와 너, 우리 모두를 죽기까지 사랑하십니다.

그렇다면 우리도 같은 사랑으로 마음을 다하고 힘을 다하여 주님을 사랑하고, 우리 이웃을 우리 자신같이 사랑해야 합니다. 또한 주님의 눈으로 보고 주님의 마음으로 사랑하며 주님과 함께 생각하고 함께 행동함으로써 우리 모두 그리스도와 일치하고 그리스도의 투명체가 되어야 합니다.

그리스도의 자립

　자립이란 존재의 참된 양식입니다. 이는 남에게 의존하지 않고 또한 모든 속박에서 벗어나 자유와 해방을 얻고, 제 발로 땅을 디디고 서는 것을 뜻합니다. 그것은 하느님의 영원한 계획에 의한 온전한 인간의 모습이며, 곧 하느님의 본질을 닮은 모습입니다.

　그러므로 우리가 제 발로 땅을 딛고 서 있고자 한다면, 곧 자주적 인격을 갖고자 한다면, 우리는 우리 자신을 얽매고 있는 모든 억압에서 해방될 뿐 아니라 모든 죄와 사리사욕에서 벗어나야 하며, 우리 인간이 지녀야 할 참모습의 원형이신 그리스도를 깊이 알고 믿고 사랑하고 따라야 합니다. 철두철미 그리스도를 닮는 사람이 되어야 합니다. 그리스도야말로 진실된 의미로 자립적 존재, 자주 자족의 존재이십니다.

그리스도의 자립이란, 역설적인 말 같으나 아버지이신 하느님께 대한 철저한 의존입니다. 온 세상과 인류를 구원하시고자 하는 하느님의 사랑과 뜻에 일치하여 고난과 십자가를 흔쾌히 지는 순명, 이를 위하여 자신을 남김없이 비우신 가난, 자신을 깨끗이 바치신 정결, 그리고 당신 자신을 우리의 생명으로 주시고 또 주시는 사랑, 이것이 바로 우리 주님의 자립이면서 동시에 그분의 죽음과 부활을 통해 드러난 하느님 계획의 완성, 곧 모든 인간의 구원과 해방, 곧 인간 자립입니다.

바로 이 같은 의미에서 우리는 우리의 순교 선열들의 그 순교 속에 그분들이 세상의 모든 죄와 구속에서 벗어난, 오로지 진리와 정의 및 사랑에 몸바침으로, 참 인간으로서 그리스도를 닮은 자립적 인간으로 하느님 앞에 서 계신 모습을 볼 수 있습니다.

순교가 하느님 안에 인간을 자유롭게 하는 것이라면, 그것이야말로 인간이 참된 자기 성취 곧 자립을 얻을 수 있는 길이라 하겠습니다. 그러기에 그분들은 그리스도와 함께 세상을 이겼습니다.

참으로 하느님 안에서 우리는 참된 자유를 얻고, 자립할 수 있습니다. 따라서 하느님께 의존하고 그분과 일치하면 할수록 우리는 더욱 자유와 자립을 얻고, 그분과 멀어지면 멀어질수록 우리는 자유를 잃고, 자기 욕심과 죄악의 노예로 타락하게 됩니다.

완전한 자립, 곧 철저하게 하느님만 믿고 의존하는 행복한 사람들은 마음이 가난하고 깨끗하며, 온유하고 자비를 베푸신 사람들, 옳은 일에 주리고 목마르며, 평화를 위하여, 정의를 위하여 일하다가 박해를 받고 슬퍼하고 모욕을 당하고 비난을 받는 사람들….

이들이야말로 하느님 안에 가장 완전한 자유와 자립을 누리는 이들입니다.

　진정한 자립이란 자기 성장을 충분히 할 뿐 아니라, 그리스도와 같이 이웃과 남을 위해서, 사회를 위해서, 자신을 비우고 바치며 이바지 할 수 있는 인간의 모습입니다.

　다시 말해서, 자신 안에 하느님의 평화를 누리는 성숙한 신앙인이 될 뿐 아니라 이웃과 사회에 믿음을 전하고 증거하며, 하느님 나라가 임할 수 있도록 복음의 사도로 헌신하는 것입니다.

사랑의 나눔

사랑으로 나눔. 우리가 가진 것, 우리 자신, 내 생명까지도 사랑으로 나누는 그 나눔을 우리 본당과 수도회, 교구 전체, 더 나아가 한국 교회가 참으로 실천한다면 그것은 정말 너무나 아름다운 일입니다. 그것은 물질주의와 이기주의, 황금만능주의로 인해 지금 정신이 퇴폐하고 썩어가고 있는 이 사회를 다시 살리는 힘이 되고, 이 사회의 어둠을 밝혀 주는 빛이 되고, 이 사회를 변화시키는 누룩의 구실을 하게 됩니다.

나누면서 살면 우리의 삶은 사랑으로 풍요로워질 것입니다. 사랑은 나눔으로 많아지고 고통은 나눔으로 적어집니다. 그러기에 나누면 나눌수록 우리 자신과 우리 이웃의, 우리 사회의 고통은 줄어들 것입니다. 그만큼 사랑은 많아질 것이고 그렇게 많아진 사랑은 많은 이들을 고통에서 건질 것입니다. 많은 이들을 실제로 병고에서 구해 줄 수 있고 많은 이들의 영육간의 상처를 낫게 할 수 있을 것이며 미움과 불안을 없애고 다툼과 분열을 소멸시킬 것입니다. 우리 사회가 안고 있는 숙제라고도 할 수 있는 지역감정이라든지 빈부 격차라든지 세대 간의 차이라든지 하는 그 모든 것을 초월해서 화해와 일치로 모두를 인도해 갈 것입니다.

사랑이 있는 곳에는 하느님이 계십니다. 하느님이 계시기에 구원과 생명이 있습니다. 사랑으로 나누는 사람은 이 때문에 하느님 안에 살고 따라서 그분과 생명 안에 살게 됩니다. 그럼으로 사랑으로 나누는 신자 공동체 본당은 참으로 하느님의 생명으로 충만해질 것입니다. 그런 본당은 활기찰 것이고 전교도 잘될 것이며, 냉담자도 줄어들 것이고 참으로 그 사회 속에서 그 이웃을 밝히는 사랑의 등불이 될 것입니다. 이웃의 고통을 덜어 주고 슬픈 얘기를 할 때 위로를 주고 많은 사람들에게 평화를 주는 그런 샘터 역할을 할 것입니다.

이렇게 볼 때, 사랑을 나눈다는 것은 정녕 인간이 인간답게 산다는 것을 말하는 것이고 그리스도를 닮은 사람으로서 참된 신앙을 산다는 것을 뜻합니다. 반대로 사랑의 나눔이 없을 때에는 거기에서 물론 사랑이 없고 사랑이 없으면 생명이 없습니다. 사랑이 없기 때문에 서로 미워할 수밖에 없고, 서로 시기와 질투로 분열과 대립을 자아낼 수밖에 없습니다. 결국 누구와도 나눌 줄 모르는 자기 폐쇄적 이기주의가 우리에게 가져다 주는 것은 죽음밖에 없습니다.

그럼 이제 우리는 사랑의 나눔 여하에 따라서 달

라지는 이 생명과 죽음의 두 가지 가능성을 놓고 옳은 길을 갈 것입니다. 성경에 보면 이런 말씀이 있습니다. "보아라, 나는 오늘 하늘과 땅을 증인으로 삼고 생명과 죽음, 축복과 저주를 내놓는다. 너희와 너희 후손이 잘 살려거든 생명을 택하라"입니다. 이 말씀은 오늘 이 시간 하느님께서 우리에게 하시는 말씀입니다. 우리는 어느 것을 택할 것입니까?

거룩하고 흠 없는 자

물은 자연적 차원에서도 생명과 아주 밀접한 관계를 가지고 있습니다. 식물들은 직접 물을 마시고 자라나니까 말할 것도 없고, 인간을 포함한 동물도 물이 없으면 죽습니다. 물이 없는 땅, 그것은 사막이요, 생명이 없는 땅과 같습니다.

이같이 현대 생명 발생학은 지상의 모든 생명이 본시 물에서 온다는 것을 밝혀냈고, 인간의 태아가 태어나는 양수라는 것이 바닷물과 같은 물질로 이루어져 있다는 것을 발견했습니다. 이렇게 우리의 자연 생명은 물에서 옵니다. 이렇게 모든 요소들의 모체인

물이라는 것을 하느님은 우리의 천상적 재생의 유효한 표징으로 삼으신 것입니다.

특히 성서에 보면, 이스라엘 백성이 이집트에서 홍해를 건널 때에 발을 적시지 않아도 되게끔 해주셨습니다. 그래서 홍해를 무사히 건너 약속된 땅에 올 수 있었습니다. 이렇게 물을 건너 해방된 것이 세례로서, 죄에서 해방되어 하느님의 자녀로 새로이 태어나는 사람들에게는 하나의 예표와 같습니다. 뿐더러 죄 없으신 예수님께서 우리와 같이 죄인이 되시어 요르단 강에서 물로 세례를 받았습니다. 물은 이렇게 죄를 씻어내는 의미가 있습니다.

거기다가 예수님이 십자가에 못 박혀 죽으셨을 때 창에 찔려 그 옆구리에서 피와 물이 나왔습니다. 우리는 사실 그리스도의 피 흘림으로 죄의 용서를 받았습니다. 그러니까 우리가 세례를 받을 때의 물은 예수님의 옆구리에 흐른 그 피와 물과도 같은 것입니다. 무엇보다도 우리가 영세를 받으면 하느님의 자녀가 됩니다. 하느님을 우리는 성령에 힘입어 아버지라고 부를 수 있습니다.

아버지. 이 말은 많은 것을 뜻합니다. 나를 낳으신 분, 나에게 생명을 주신 분, 나를 기르시는 분, 나를 언제나 사랑하고 돌보시는 분, 나를 살리기 위해서는 당신의 목숨까지도 내놓으시는 분, 그런 분이 아버지이십니다.

그런데 하느님이 이 아버지이십니다. 천지를 창조하시고 주재하시는 그분이 전능하시고 전지하신 분, 영원하시고 무한한 생명을 지니신 분, 그 하느님이 우리의 아버지이십니다. 우리는 그 자녀가 됩니다. 그리고 하느님의 아들 예수 그리스도를 닮은 아들딸들이 됩니다.

그리스도를 닮는다는 것도 굉장한 뜻을 지닙니다. 예수님과 같이 거룩하고 흠 없는 자 되며 바로 예수님과 같은 생명을 나눈다는 뜻입니다. 세례로써 받는 생명은 예수님의 생명이십니다. 죽으시고 부활하시어 불멸의 힘을 지닌 그 생명을 받습니다. 예수님을 닮으면 그분과 같이 살아야 합니다. 죄 없으신 예수님은 요르단 강에서 세례를 받으시고, 그 때 또한 성령에 임하시어 성령의 세례를 받으셨습니다.

그런데 성경에 보면 예수님은 "내가 받을 세례가 또 있다"라고 하신 대목이 나옵니다. 이것은 당신이 당할 십자가의 죽음을 뜻합니다. 왜 예수님은 죽으셨습니까? 우리를 지극히 사랑하시어 우리를 죄와 죽음에서 구하기 위하기 위해서입니다. 여기서 우리는 예수님의 우리에 대한 사랑이 얼마나 큰지 볼 수 있습니다. 사랑하는 사람들은 서로 닮습니다.

본시 하느님이신 분이 우리를 사랑하신 나머지 먼저 우리를 닮아 사람이 되어 오셨습니다. 그리하여 죽음까지도 같이 나누셨습니다. 그 사랑의 힘으로 우리를 구하셨습니다. 이제 우리가 이분을 사랑하고 이 분과 끝까지 같이 갈 때에 우리도 살 수 있습니다. 이 그리스도를 닮은 사랑의 죽음은 참된 세례입니다. 이 로써 우리의 삶은 그리스도 안에 완성됩니다.

사랑의 하느님

그리스도가 알려 주시는 하느님은 바로 사랑의 하느님이십니다. 하느님께서는 우리의 부족함과 죄에도 불구하고 육신으로서는 언젠가 죽지 않으면 안 될 우리에게 성령을 보내 주심으로써 성령의 힘으로 우리가 그리스도로 가득 차게 해주십니다. 그리스도를 닮아서 당신의 아들딸이 되게 하시고, 그리스도와 함께 당신의 영원한 나라의 상속자가 되게 하십니다. 하느님은 정말 우리 아버지이시며 우리는 그 자녀들입니다. '하느님은 우리를 지극히 사랑해 주시는 아버지이시다. 우리는 그 사랑을 한없이 받는 자녀들이다' 이것을 믿는 것이 바로 믿음이요, 그것이 곧 구원을 줍니다.

우리가 잘나서, 무슨 자격이나 공로가 있어서가 아니라 우리의 부족이나 죄와 허약에도 불구하고, 하느님은 그렇게까지 우리를 사랑하십니다.

그리스도를 닮은 사람은 그리스도처럼 살아야 합니다. 그리스도께서 시련과 환난, 십자가상의 죽음이라는 그 절망의 시간에도 하느님 아버지의 사랑을 의심치 않았듯이 그런 믿음으로 살아야 합니다. 그리고 그 믿음을 증거해야 합니다. 우리 역시 시련이나 고통 중에서도 하느님의 사랑을 의심치 않는 것이 곧 증거입니다. 또 '하느님도 나의 사랑하는 아버지요, 우리 모두의 아버지이시다'라는 믿음을 가지면 우리는 이웃을 달리 보게 됩니다. 이웃을 형제로 보게 됩니다. 그리고 나에게 잘못한 이들도, 원수까지도 왜 사랑해야 하는지 이해할 수 있게 됩니다. 하느님께서 나를 용서해 주셨고, 나의 죄와 허물을 탓하지 않으시고 다 용서해 주시니 나도 그렇게 용서해 주어야 하기 때문입니다.

그리하여 우리 모두가 하느님의 사랑 안에서 서로 사랑하고 용서함으로써 하나 되는 것, 이것이 가정에서 본당 공동체로, 본당에서 교구 공동체로, 마침내는 온 교회 공동체로 번져서 드디어 온 인류가 인종이나 피부색, 계급 등의 차별 없이 사랑으로 하나되는 것, 마치 하느님 성부와 성자와 성령이 하나인 것처럼 그 사랑의 일치로 하나 되는 것, 그것을 믿고 이를 위해 자신의 삶을 헌신하는 것이 증거입니다.

얼마나 보람찬 삶입니까?

1922년 5월 8일 대구 출생(음력)

1933년 성 유스티노 신학교 예비과 입학(대구)

1941년 3월 서울 동성상업학교 을조(乙組) 졸업

1941년 4월 일본 도쿄 조치(上智)대학교 입학(유학)

1944년 1월 제2차 세계 대전으로 인하여 학업 중단

1947년 9월 혜화동 성신대학 편입

1951년 9월 15일 사제 수품 · 안동성당 주임

1953년 4월 대구대교구 교구장 비서

1955년~1956년 김천성당 주임 겸 성의 중고등학교장

1956년~1963년 독일 유학, 뮌스터 대학교 대학원
　　　　　사회학 전공

1964년~1966년 가톨릭시보사(현 가톨릭신문)사장

1966년 5월 31일 주교 수품, 마산교구장에 오름

1968년 5월 대주교로 승품, 제12대 서울대 교구장

1969년 3월 28일 교황 바오로 6세에 의해 추기경 서임(당시 47세로 전 세계 추기경 134명 중 최연소)

1970년~1975년 한국 천주교 주교회의 의장(1차 역임)

1975년~1998년 평양교구장 서리 겸임

1981년~1987년 한국 천주교 주교회의 의장(2차 역임)

1984년 5월 6일 교황 요한 바오로 2세와 함께 한국 천주교회 창설 200주년 기념과 103위 시성식 개최(여의도)

1998년 5월 29일 서울대교구장 및 평양교구장 서리 퇴임(서울대교구장을 맡은 지 30년, 목자 생활 47년)

2002년 북방 선교에 투신할 사제를 양성하기 위한 '옹기장학회'를 공동 설립

2009년 2월 16일 선종(향년 87세), 안구 등 장기 기증

너희와 모든 이를 위하여

(Pro Vobis et Pro Multis)

　방패 왼쪽은 순교자들의 피 위에 세워진 우리 교회를, 오른쪽은 삼각산과 서울을 상징하며, 별은 원죄 없이 잉태하신 성모 마리아를 주보(主保, 수호성인)로 모심을 나타낸다.

　주교의 권위를 상징하는 모자 아래의 술 5단은 추기경임을 나타내며, 주교의 사목표어 Pro Vobis et Pro Multis 는 '너희와 모든 이를 위하여'라는 뜻이다.

엮은이 장혜민(알퐁소)

대학에서 러시아 문학을, 대학원에서 엔터테인먼트 콘텐츠학을 전공했다. 평소 청빈한 생활을 실천하며 번역뿐만 아니라 저서 집필 등 다양한 활동을 하고 있다. 지은 책으로는 《김수환 추기경 평전》, 《바보가 바보들에게 1~5》, 《법정스님의 무소유의 행복》 등이 있으며 옮긴 책으로 《사람은 무엇으로 사는가》, 《톨스토이 잠언록》 외 다수가 있다. 우리 시대의 위대한 성자로 기억될 김수환 추기경의 잠언들을 가려 뽑아 《바보가 바보들에게》를 펴냈다.

김수환 추기경 잠언집

바보가 바보들에게 네 번째 이야기

초판 1쇄 펴낸 날 2019년 1월 25일

잠   언 ┃ 김수환 추기경
엮은이 ┃ 장혜민(알퐁소)
펴낸이 ┃ 장영재
펴낸곳 ┃ (주)미르북컴퍼니
자회사 ┃ 산호와진주
전   화 ┃ 02)3141-4421
팩   스 ┃ 02)3141-4428
등   록 ┃ 2012년 3월 16일(제 313-2012-81호)
주   소 ┃ 서울시 마포구 성미산로32길 12, 2층 (우-03983)
e-mail ┃ sanhonjinju@naver.com
카   페 ┃ cafe.naver.com/mirbookcompany

(주)미르북컴퍼니는 독자 여러분의 의견에
항상 귀 기울입니다.